세상을 빛낸
가장 유명한 이야기

세상을 빛낸 가장 유명한 이야기

제임스 M. 볼드윈 엮음 | 장운갑 편역

밀라그로

contents

The most famous story

　이미 국내에도 널리 알려진 "제임스 M. 볼드윈"은 미국의 저명한 심리학자로서(특히 실험심리학, 아동심리학, 사회심리학) 청소년의 지적 발달과 용기, 참된 인성과 희망을 주고자 세상에 회자되던 이야기들을 엄선하여 이 책을 엮었고 기대 이상의 효과를 얻었다.

　당초 이 책은 엮은이의 의도대로 청소년들의 인성을 높이고자 함이었다. 그러나 그의 사후 70여 년이 지난 현재는 유럽은 물론 전 세계의 청소년들뿐만 아니라 연령 구분 없이 수많은 독자층으로부터 끊임없는 찬사와 갈채를 받고 있다.

옮긴이는 당초 볼드윈의 글을 접하며, 무엇이 그토록 독자들을 매료시키고 시간이 지날수록 더욱 그 빛을 발산하는지 호기심을 갖지 않을 수 없었다.

해답은 의외로 간단했다. 지금까지 세상에 알려진 동서고금의 유명한 책들은 한결같이 "~해야 한다.", 혹은 "하지 않으면 안 된다."라는 진리의 가르침 속에 독자들을 포용하려 했지만 볼드윈의 "세상을 빛낸 가장 유명한 이야기"는 거짓이든 진실이든 독자들이 스스로 그 의미를 깨달아 그 속에 담긴 진리를 터득하도록 꾸며졌다는 데 있었다. 그리하여 옮긴이는 엮은이의 의도를 살려 본문에 충실하려 했고, 독자 여러분들 역시 현 시대와 맞지 않는 표현들이 있더라도 이해해 주기 바란다.

이 책에 등장하는 인물들은 역사상 실존 인물들이거나 가상의 인물, "그리스 신화"에 등장하는 인물, 혹은 전설이나 설 화로 구전되어 온 인물들을 재조명한 것으로 이미 우리나라에 널리 알려진 이야기도 있다. 특히 "구텐베르크"나 "트로이의 목마", "율리시즈" 등은 수십 번도 더 읽었을 수도 있다. 그러나 이 책에서는 단지 역사적 사실이나 전래되어 온 이야기들을 다시 한 번 상기시키는 것이 아니라 현장감을 살려 당시의 상황을 재현함으로써 독자 여러분과 함께 하고자 노력하였다.

독자 여러분은 한 장이 끝날 때마다 잠시 책장을 덮고 글 속에 숨은 "진리"와 "진실"을 통해 삶의 의의와 자아를 깨닫게 될 것이다.

진정한 승리의 길

알렉산더가 군대를 이끌고 서아시아를 정복할 때였다.

"전 세계가 나의 왕국이다."

이런 슬로건을 내건 알렉산더이니만큼 세계정복을 자신의 운명으로 생각했다. 그는 더없이 부유하고 위대하다고 알려진 페르시아를 정복했고, 마침내 타이레까지 불태워버렸다. 그리고 나일 강 근처까지 도달했을 때 끝없이 펼쳐진 도시의 이름을 바로 알렉산드리아로 명명했다. 그런 알렉산더가 부하들에게 물었다.

"서쪽의 이집트는 어떤가?"

한 부하가 대답을 했다.

"그곳은 사막에 불과할 뿐입니다. 땅 끝 쪽에 있는 그곳은 모두 모래입니다. 끝없이 불타는 듯 뜨거운 모래밭일 뿐입니다."

그리하여 알렉산더는 자신의 군대를 이끌고 아시아로 돌아왔다.

그는 큰 강인 에프라테스를 통과했고 푸른 초원을 가로질러 카스피 해안을 따라갔다. 세상을 한눈에 볼 수 있을 법한 눈 덮인 산맥도 통과했다. 마침내 그는 북쪽으로 물 위에 외롭게 떠 있는 듯한 한 곳을 내려다 보았다.

"과연 저쪽에 무엇이 있을 것 같은가?"

알렉산더가 물었다.

"저곳은 단지 얼음으로 둘러싸인 늪에 불과합니다. 끝없이 이어진 불모지대이며 아무리 둘러본다 해도 눈 덮인 들판과 얼어버린 바다밖에 없을 것입니다."

할 수 없이 알렉산더는 남쪽으로 회군하여 다시 인디아 반도를 횡단해 도시들을 차례차례로 정복해 나갔다.

마침내 위대한 갠지스 강에 도달하자 그 강을 통과하려 했다. 그러나 지쳐버린 그의 부하들은 움직이려 하지 않았다.

"더 이상 전진하기 어렵습니다."

"그래? 그렇다면 이 아름다운 강 동쪽으로는 무엇이 있을까?"

"그냥 숲뿐입니다. 그것도 아주 끝없는 숲이지요. 이렇게 전진하다가는 모두 지쳐서 쓰러지고 말 것입니다."

그리하여 알렉산더는 배를 만들어 인더스 강에 띄웠고 그의 군대는 바다로 전진해 나갔다.

"앞쪽으로 무엇이 있는가?"

"오직 강뿐입니다. 가도 가도 끝이 없지요. 이러다가 폭풍을 만나 죽기 십상입니다."

그러자 알렉산더가 탄식하며 말했다.

"아, 이 세상은 오직 내 이름으로 선 왕국만이 존재할 뿐이다. 서쪽과 동쪽, 그리고 북쪽과 남쪽 그 어디에도 이제 더 이상 내가 정복할 땅이 없구나. 내가 느낀 것은 단 하나, 내 제국이 너무도 작다는 것이다!"

알렉산더는 그 자리에 주저앉아 눈물을 흘렸고 그의 눈물을 본 사람들은 그제야 그가 전 세계를 정복했다는 사실을 알 수 있었다.

today's best word

승리는 노력과 사랑에 의해서 얻어진다. 승리는 가장 끈기 있게 노력하는 사람에게 다가간다. 그 어떤 고난이 닥친다 하더라도 노력으로 정복해야 한다. 오직 그것뿐이다. 이것이 진정한 승리의 길이다.

— 나폴레옹

독약이 든 술잔

옛날에 페르시아의 한 왕국에 싸이러스라는 어린 왕자가 살고 있었다. 하지만 어린 왕자는 다른 왕자들처럼 거만하지도 않았고 어린 나이에도 불구하고 예의범절이 매우 바른 소년이었다.

어린 왕자는 아버지가 왕임에도 불구하고 평범한 가정의 일반 소년들처럼 교육을 받았다. 그는 그 누구의 도움 없이도 혼자 해냈다. 먹는 것도 기름진 음식이 아닌 서민들이 먹는 음식 그대로였고 잠자리 역시 딱딱한 침대였다. 그렇게 어린 왕자는 가난한 이웃들의 배고픔과 추위를 함께 하며 자랐다.

싸이러스가 열두 살이 되던 해 어머니와 함께 미디아에 살고 있는 할아버지를 방문했다. 아스티에이지란 이름을 가진 그의 할아버지 역시 왕이었다. 그는 많은 부를 지녔고 그에 걸맞은 막강한 힘을 지닌 인물이었다.

아스티에이지는 비록 어른은 아니었지만 키가 크고 튼튼한 데다 잘생기기까지 한 싸이러스를 무척 아끼고 자랑스러워했다. 그는 손자를 미디아에 머물게 하면서 교육시키려 했다. 그리하여 손자의 마음을 잡아두려 온갖 귀한 선물을 주었다.

어느 날 아스티에이지 왕은 소년을 위해 커다란 선물을 준비했다. 그것은 소년에게 가장 큰 추억이 될 만큼의 귀한 만찬이었다.

그는 손자에게 최고의 순간이 될 것을 확신했다.

이윽고 손자를 위해 마련된 테이블 위에 온갖 귀한 진수성찬이 차려졌고 분위기에 맞는 음악이 준비되었다. 이제 주인공이 된 싸이러스에게 자신이 부르고 싶은 친구들 모두를 연회장으로 초대할 권한이 주어진 것이다.

모든 준비가 끝이 났고 즐거운 연회의 시간이 다가오고 있었다. 멋진 유니폼을 입은 수많은 시종들이 대기했다. 많은 연주자들과 무희들도 대기하고 있었다. 그러나 시간이 다가와도 단 한 명의 초대 손님도 나타나지 않았다.

그러자 아스티에이지 왕이 손자에게 물었다.

"애야, 왜 아무도 오지 않는 거지? 연회준비가 다 끝났는데도 아무도 등장하지 않으니 답답하기 그지없구나."

싸이러스는 미소를 지으며 할아버지에게 말했다.

"할아버지, 아무도 나타나지 않을 겁니다. 저는 그 누구도 초청하지 않았으니까요. 제가 사는 페르시아에는 그 누구도 이런 연회를 즐길 사람이 없습니다. 어떤 사람이 굶주리고 있다면 그에게 약간의 빵과 음식을 주면 됩니다. 그런 모든 친구들에게 이런 훌륭한 음식을 대접한다는 건 불가능한 일이니까요. 너무도 많은 비용이 들기 때문이지요. 솔직히 이런 음식들은 그들에게 맞는 음식이 아닙니다."

이 말을 들은 아스티에이지는 기뻐해야 할지 슬퍼해야 할지 분간이 되지 않았다. 마침내 그가 물었다.

"잘 알았다. 싸이러스. 그러나 네가 알아야 할 것은 이 모든 음식과 만찬은 오로지 너를 위해 마련한 것이란다. 그럼 너는 이것들을 어쩔 생각이냐?"

"그것은 간단합니다. 다른 사람들에게 나누어주면 되지요."

싸이러스가 말했다. 그리하여 차려진 음식을 자신에게 말 타는 법을 가르쳐 준 왕의 한 신하에게 주었다. 또 할아버지를 시중드는 나이 많은 신하에게 선사했다. 그리고 나머지는 그의 어머니를 돌보고 있던 시녀들에게 나누어주었다.

그때 왕의 시중을 들던 사르카스는 음식을 나누어주는 일에 반대했다. 왜냐하면 싸이러스가 자신에게는 음식을 조금도 나누어주지 않았기 때문이었다. 왕 역시도 싸이러스가 왜 그에게는 음식을 조금도 나누어주지 않았는지 의아했다.

"싸이러스, 왜 사르카스에게는 음식을 나누어주지 않았지?"

싸이러스가 이상하게 여기는 할아버지의 말에 대답했다.

"할아버지, 저는 그가 싫습니다. 그는 매우 거만하고 경솔한 사람입니다. 그는 할아버지를 시중드는 걸 최고로 여기는 사람이니까요."

"옳다. 그는 그런 사람이란다. 하지만 그는 매우 능숙하게 술을 따르는 대단한 사람이란다. 그래서 내가 그를 아끼는 거란다. 궁궐에는 술 따르는 법도가 매우 중요하단다. 초대된 손님들의 기분이 그에 의해 좌우되니 정말 대단한 일 아니겠니?"

"아마도 그럴 겁니다. 그러나 만일 저에게 내일 그와 같이 술 따르는 일을 시키신다면 저는 그보다 더 잘할 자신이 있습니다."

손자의 말을 들은 아스티에이지 왕은 빙그레 미소를 지었다.

그가 싸이러스를 아끼는 이유가 바로 여기에 있었다. 현명하고 무엇이든 직접 해보기를 원하는 손자를 미워할 할아버지는 세상에 없는 법이다.

"좋다, 싸이러스. 네가 하는 걸 보고 싶구나. 내일 나는 너를 왕의 술시중 드는 사람으로 임명할 것이다."

싸이러스는 단시간 내로 술을 따르는 완전한 법도를 익혀 할아버지가 만족할 수 있도록 해야 했다. 그는 귀티 나는 의복을 입고 품위를 유지한 채 우아한 태도로 왕이 자리하고 있는 홀을 누벼야 할 것이다.

싸이러스는 흰 냅킨을 팔에 끼고 세 손가락을 이용해 조용히 술잔을 기울였다.

그의 태도는 거의 완벽했다. 이제까지 술시중을 들던, 거만한 사르카스는 싸이러스에 비해 너무 보잘것없는 존재가 되고 말았다.

"잘했다, 싸이러스. 정말 잘했다!"

싸이러스의 어머니가 자랑스럽게 소리쳤다. 그녀의 눈에서는 아들에 대한 자긍심으로 기쁨의 눈물까지 번졌다.

할아버지 역시 싸이러스에게 칭찬을 아끼지 않았다.

"정말 잘해냈구나. 세상에서 네가 제일로 시중을 잘 드는 것 같구나. 장하다, 싸이러스. 하지만 너는 중대한 실수를 했단다. 술 시중드는 사람들에게는 엄격한 법도가 존재한단다. 그중 하나가 바로 내 잔에 술을 따르기 전에 조금 다른 데에다 술을 조금 부어 맛을 보는 것이란다. 너는 그것을 잊었구나. 실은 그보다 더 중요

한 게 없는데도 말이다. 싸이러스, 너는 그걸 잊었구나."

"할아버지, 정말 중요한 걸 잊었습니다. 다음부터는 절대로 그 사실을 잊지 않겠습니다."

싸이러스는 할아버지에게 미안해하며 굳은 결심을 했다. 그 모습을 지켜보던 그의 어머니가 물었다.

"그런데 싸이러스, 너는 왜 그렇게 하지 않았지? 너는 분명히 알고 있었을 텐데 말이다."

"왜냐하면 어머니, 그 잔에 독이 들어 있었기 때문입니다."

그 말을 들은 아스티에이지가 크게 놀라 소리쳤다.

"뭐라고? 독약이라고?"

"예, 할아버지. 독약이 들어 있었습니다. 그 어느 날이었습니다. 할아버지가 신하들과 함께 저녁 식사를 하고 계셨습니다. 저는 할아버지가 드시고 계시던 잔이 이상하다는 걸 깨달았지요. 잠시 후 다른 손님들도 잔속의 그것을 조금 마셨습니다. 그것을 마신 그들은 이상하게 변해가며 크게 떠들고 노래를 불러댔습니다. 그리고 곧바로 곯아 떨어졌지요. 할아버지 역시 당신이 왕이란 사실을 잊고 막일꾼들처럼 떠들며 웃고 계셨습니

다. 할아버지는 체통은커녕 홀 중앙으로 나가 춤도 추시고 껄껄거리며 웃으셨어요. 그래서 저는 그것이 분명 독약인 줄 알고 있습니다. 사람의 혼을 그렇게 빼어내어 못된 사람으로 만든다는 걸 알았습니다. 정말 중요한 인물이 막일꾼보다 천하게 된다면 그 나라의 장래는 없겠지요. 사람을 그렇게 만드는 그것이 독약이 아니고 무엇이겠습니까?"

할아버지는 무슨 말을 해야 할지 난감한 표정을 지었다. 드디어 할아버지가 입을 열었다.

"그 점에 대해서는 할 말이 없구나? 싸이러스, 하지만 너는 네 아버지도 나처럼 그 독약을 마시고 행동한 사실을 보지 못했다는 것이냐?"

"저는 절대로 아버지가 그러시는 걸 본 적이 없습니다. 아버지는 기분 좋게 술을 마실 뿐입니다. 절대로 과한 법이 없지요. 단지 목이 마르거나 예의상 마셨을 뿐입니다. 저는 그것이 독약이 될 수 없음을 알고 있습니다."

기특한 손자의 말을 듣고 있던 할아버지는 빙그레 웃으면서 손자의 머리를 쓰다듬어 주었다.

"싸이러스, 정말 바로 보았다. 이 할아버지는 너를 봐서라도 결코 독약을 마시지는 않을 것이다. 이제 그냥 사람을 기분 좋게 만드는 술만을 마실 작정이란다."

어느새 싸이러스는 어른이 되었고 아버지의 뒤를 이어 왕위에 올랐다. 그는 매우 현명하며 강력함을 지닌 군주가 되었고 선정을 베풀며 당시 그 어떤 나라보다 더욱 강성한 나라를 만들었다.

세상에는 좋은 정치가들이 많지만 강함까지 겸비한 인물들은 드물다. 하지만 싸이러스는 그 모두를 겸비하여 자신의 왕국을 천국으로 만들어 나갔던 것이다.

나라는 구했지만

그 옛날 로마가 강성대국으로 부흥하기 전 어느 해 여름은 유난히 가물었기에 주식이던 옥수수 농사를 그만 망치고 말았다. 그 도시에는 그 어디에도 빵이 있을 수 없었고 모든 시민들이 굶어죽을 판이었다.

그러던 어느 날 기적과 같은 일이 일어났다. 이웃 나라에서 옥수수를 가득 실은 커다란 배를 보낸 것이다. 그만한 양이면 모든 시민들이 배불리 먹을 수 있었다.

로마의 통치자들이 모여 그 옥수수를 어떻게 나누어줄 것인가 고심했다.

"일단 곤궁한 사람들 위주로 옥수수를 나눠주되, 더욱 굶주린 사람들을 먼저 보살핍시다."

또 다른 통치자가 말했다.

"이 도시에 살고 있는 시민들 모두에게 균등하게 나누어주어야 합니다."

그러나 한 통치자가 반대하고 나섰다. 그는 코리오라는 사람으로 풍요롭게 사는 사람이었다.

"귀한 양식을 시민들에게 그대로 나누어주면 안 됩니다. 아무리 가물었다고 해도 그들이 게을렀기에 현재의 이 상황을 초래했던 것입니다. 만일 최선을 다해 일을 했더라면 이런 가뭄이라 해도 능히 극복해나갔을 것입니다. 옥수수를 나누어준다 해도 그들은 더 많은 것들을 원할 것입니다."

그의 연설을 들은 시민들은 화가 나서 외치기 시작했다.

"저자는 로마 시민이 아니다. 저자는 지극히 이기적이며 정의를 모르는 자이다."

"맞다. 저자는 가난한 사람들의 적이었다. 결정적으로 지금 다시 본색을 드러내는 것이다. 저자를 죽여야 우리가 산다, 놈을 죽여라!"

화가 난 시민들이 그를 죽이라고 외치며 거리로 몰려들었다.

그러나 그들은 코리오를 죽이지는 못했다. 대신 사람들은 그를 도시 외곽으로 끌고 나가 다시는 로마로 들어오지 못하게 했다.

코리오는 로마에서 그리 멀지 않은 안티엄이란 나라로 발걸음을 돌렸다.

안티엄인들은 로마인들의 적이었기에 두 나라 간에는 싸움이 잦았다. 그리하여 안티엄인들은 코리오에게 귀환한 적의 장수 대접을 해주었다.

이제 코리오는 로마에 대한 복수를 다짐했다.

"내가 살아 있는 한 너희들은 반드시 대가를 치르게 될 것이다."

그는 이웃 나라에 사람을 보내 원조를 요청했다. 이윽고 그는 강성한 군대의 대장이 되었고 로마를 향해 진군나팔을 울리며 전진했다.

안티엄 군인들은 로마의 마을이나 농장에 불을 질러 잿더미로 만들어 버렸다. 이제 로마의 모든 땅들은 공포의 도시가 되어버렸다.

코리오는 도시 가까운 곳 캠프에서 횃불을 밝히고 있었다. 그의 군대는 로마가 전에 한 번도 접한 적이 없던 막강한 군대였다.

로마인들은 곧 자신들이 상대하고 있는 군대가 도저히 상대가 되지 않음을 느꼈다.

"이제 그만 항복하라. 내 뜻대로 한다면 나는 로마인들을 다치게 하지 않을 것이다. 하지만 그렇지 않다면 이 도시는 불바다로 변할 수밖에 없다."

코리오의 말에 로마의 통치자들이 말했다.

"우리에게 생각할 시간을 좀 주시오."

"그렇다면 나는 너희들에게 삼 일간의 시간을 주겠다. 그 시간이면 논의할 시간이 충분할 것이다."

코리오는 그들에게 자신의 요구사항을 전달했고 그의 말을 전해들은 로마인들은 기가 막힌다는 듯 수군거렸다.

"그의 말을 수용하느니 차라리 죽고 말겠다."

그러나 약속기한인 삼 일이 지나자 네 명의 통치자들이 나와 코리오에게 무릎을 꿇고 로마인들을 살려달라며 자비를 구했다.

통치자들은 나이가 많은 사람들이었다. 그들은 급히 나오느라 미처 의복조차 챙길 틈이 없었다.

그러나 코리오는 냉정했다.

코리오의 거절에 네 명의 통치자들은 자신들이 아무리 자비를 구해도 결코 효과가 없으리란 걸 깨닫게 되었다. 그럼에도 코리오는 다행히 그들에게 생각할 여유를 며칠 더 주었다. 이것이 그들이 얻은 수확이었다.

다음 날도 모든 통치자들과 성직자들이 나와 자비를 구했다.

그들은 소매가 긴 의복을 입고 비참하리만큼 겸손하게 인사를 올렸다. 그럼에도 코리오의 군대는 철수하지 않았다.

마지막 날, 코리오는 안티엄의 대군을 이끌고 전투태세를 취했다. 이제 곧 로마의 모든 것을 불태울 기세였다.

로마인들은 경악했다. 그들은 죽음보다 더한 절망을 맞이하고 있었던 것이다.

한 통치자가 체념한 표정으로 힘없이 말했다.

"이제는 끝이다! 하지만 아직 희망은 있다. 우리 모두 그가 살던 집으로 가보자. 그곳에는 그의 어머니와 아내와 아들들이 있다. 그들은 현명한 사람들이다. 로마를 사랑하는 그들에게 복수의 화신으로 변한 코리오의 마음을 돌리도록 하자. 아무리 사악하다 해도 조국과 어머니는 등질 수 없는 법이다. 그것만이 현재의 로마를 구할 수 있는 길이다."

두 여인은 기꺼이 그 예전, 자신의 자식이자 남편인 코리오를 만나기 위해 다가갔다. 그녀들은 그의 어린 아들들을 이끌었고 그 뒤로 로마의 모든 여인들이 뒤를 따랐다.

그때 코리오는 자신의 숙소 안에 있었다. 잠시 후 그는 그의 어머니와 아내, 어린 아들들을 볼 수 있었다. 그들을 본 그는 반가움이 밀려들었지만 곧 그들이 로마의 심부름꾼인 걸 알게 되었다.

그의 표정이 굳어졌다. 그의 어머니는 그를 설득하기에 최선을 다했고 그의 아내 또한 사랑의 자비를 구하며 눈물을 흘렸다. 어린 아들들 역시 나름대로 아버지의 무릎에 매달려 애걸했다.

마침내 코리오가 말했다.

"어머니, 어머니는 당신의 나라를 구하셨습니다. 그러나 어머니는 당신의 아들을 잃고 말았습니다."

이렇게 말한 그는 곧 안티엄으로 회군하라는 명령을 내렸다.

그렇게 로마는 구출되었다. 그러나 코리오는 절대로 자신의 나라로 돌아갈 수 없었다. 그의 어머니에게도, 아내에게도, 아들에게도 말이다.

그는 영원히 그들을 잃었던 것이다.

today's best word

어버이를 사랑하는 자는 남을 미워하는 일이 없다. 남을 미워하면 그 결과가 반드시 어버이에게 화를 미치게 할 염려가 있기 때문이다. 또 어버이를 사랑하는 정이 깊은 자는 남을 미워하는 생각이 없기 때문이기도 한다. 어버이를 공경하는 자는 남을 업신여기지 않는다. 사랑과 공경은 효도의 근본이 된다.

— 효경

율리시즈

1. 출전

트로이에 저항하며 모든 영웅들이 열심이 싸우고 있을 때였다. 그 영웅들 중에는 가장 현명하고 빈틈이 없다는 말을 듣고 있던 율리시즈가 있었다.

율리시즈는 이타카의 젊은 왕이었다. 전쟁 영웅으로 남아 있던 그였지만 자발적으로 전장을 향한 것은 아니었다.

율리시즈는 살벌한 전쟁터보다는 사랑스럽고 올바른 아내와 집에 있기를 원했다. 그를 그렇게 집에 묶어둔 사람들은 사랑스런 아내 페네로페와 그녀가 갓 낳은 텔레마추라는 어린 아기 때문이었다.

율리시즈는 그들이 있었기에 소란스런 전쟁터 안에 있으려 하지 않았다. 창으로 적을 찌르든지, 검을 가지고 적을 무찌르는 일 등의 잔인함을 피했던 것이다. 그보다는 포도덩굴을 잘라내는 일, 과수나무 아래서 호미질 하는 일 등 가족들과 즐겨 행하던 유희만을 생각하는 그였다.

그러나 그리스의 왕자가 전쟁터에 나가라는 명령을 했다. 만약 거역하면 비겁한 겁쟁이란 낙인뿐이었다.

"율리시즈, 그곳으로 가시지요."

페네로페가 율리시즈에게 말했다.

"저는 당신이 무사히 돌아올 동안 당신이 일군, 이 왕국의 수호자가 되겠어요. 제 생을 걸고 맹세 드립니다. 그러니까 안심하고 돌아오세요. 그곳에서 당신의 의무를 다하시길 원합니다."

페네로페가 말을 마치자 율리시즈 아버지인 레테스가 그녀를 따라 말했다.

"내 자랑스러운 아들 율리시즈! 어서 가려무나. 현명한 아테네가 너에게 요청을 하는 것이다. 네가 빨리 오기를 기다리고 있을 것이다."

그리하여 율리시즈는 이타카의 영원한 복락을 위해 사람들을 이끌고 전장으로 향했다. 집안의 포근함과 즐거움을 뒤로 한 채 그는 전쟁에만 전념했다.

지루하게 계속되었던 트로이와의 포위 전쟁은 10년이 지난 후에야 끝났다. 전쟁이 끝난 도시는 모두 재투성이가 되어 폐허만을 남겼다.

이제 모든 그리스 병사들은 고향으로 향했다.

병사들은 각 대장들의 인솔로 준비된 배에 승선을 마쳤다. 대장들 중에는 그 누구보다 가족들을 그리워하는 율리시즈가 있었다. 그는 푸근한 미소를 지으며 자신을 기다리고 있는 사랑스런 아내와 아들을 생각하며 마음을 가다듬고 있었다. 어린 아들은 시간이 지난 지금 건장하고 잘생긴 사내로 성장했을 것이다.

그리움으로 가득 찬 율리시즈는 저 멀리 황폐하게 변해버리긴 했지만, 자신에게는 기쁨을 주는 이타카 해안을 바라보았다.

"자, 이제 돌아갈 시간이다. 병사들아, 열심히 노를 저어라!"

병사들에게 율리시즈가 말했다.

"사랑하는 페네로페가 얼마나 기다릴까? 나를 위해 내 왕국을 지키고 있을 사랑스런 페네로페, 그대가 그립다."

그러나 그가 탄 배가 해안 귀퉁이를 빠져나올 때에 뜻하지 않은 복병이 기다리고 있었다. 모든 병사들을 잡아 삼킬 듯 돌진하는 거대한 폭풍이었다. 폭풍의 사정권으로 들어선 모든 선박들이 이리저리 쏠리며 당장이라도 침몰할 듯 부대끼자 신의 자비만을 기대했다.

폭풍의 위력은 수만 군사들의 칼과 창보다 위대해 전 부대를 궤멸시킬 기세였다. 모든 선박들은 코스를 벗어나 색다른 곳으로 빠져들고 있었다. 모든 항해사들은 허둥지둥하며 오로지 저 멀리 있는 이타카 해안으로 노를 저었으나 그들이 목적으로 삼은 해안을 벗어나 물설고 낯선 땅으로 몰아가고 있을 뿐이었다.

2. 페네로페의 운명

율리시즈가 탄 배의 행방은 묘연하다 해도 모든 배들이 휩쓸려 간 것은 아니었다. 다행히 많은 배들이 귀환할 수 있었다. 그들은 운 좋게 꿈에도 그리던 가족들의 품으로 돌아올 수가 있었다. 그러나 애타는 가족들의 염원에도 불구하고 실종된 병사들의 행방을 알 수 있었던 사람은 그곳에 없었다.

실종된 율리시즈와 병사들은 과연 어떻게 된 것일까? 율리시즈만을 기다리고 있던 페네로페와 그의 아들, 그리고 쇠약해진 레테스는 모든 병사들이 돌아오고 있는 해안가를 바라보며 넋을 잃고 있었다.

그들의 눈에는 금의환향하는 많은 병사들이 젓고 있는 노들이 저녁노을에 반사되어 아름답게 빛나고 있었다. 그들의 기대와는 너무도 차이가 나는 아름다움이었다.

그렇게 시간이 흘러가자 서서히 병사들의 귀환이 막을 내리고 있었다. 달이 지나고 해가 지나자 율리시즈 가족들은 말을 잊고 말았다. 이제 그들에게 기쁨이란 단어는 쓸 수 없는 말이 되었다.

"율리시즈의 배가 좌초된 게 틀림없어. 결국 자랑스러운 내 아들 율리시즈는 차디찬 바닷가에 가라앉아 수장되어 있을 것이다."

늙은 레테스가 고개를 숙이며 눈물을 짓고 있었다. 더 이상 해안가를 바라볼 수 없던 그는 실의에 빠져 자신의 성으로 향했다.

레테스의 생각과 같이 모든 이타카 사람들은 이런 말을 했다.

"진정으로 율리시즈는 멸망하고 말았다. 그의 시대는 이미 끝난 거야."

"맞아, 그의 생사를 알고 있는 자가 우리에게 정확한 말을 해주기 전까지는 우린 그의 멸망을 인정할 수밖에."

그러나 율리시즈의 사랑스런 아내 페네로페는 전혀 아랑곳하지 않았다. 그녀는 율리시즈의 멸망을 인정할 수 없었던 것이다.

"율리시즈는 결코 죽지 않았어요. 그의 죽음은 제 죽음이 되기에 저는 그를 버릴 수가 없습니다."

눈물짓는 페네로페의 사랑스런 눈망울이 해안에서 빛나던 노을처럼 보였다.

"저는 율리시즈와 약속을 했어요. 그가 돌아올 때까지 저는 이 왕국을 결코 버리지 않을 겁니다. 꼭 그에게 이 왕국을 쥐어줄 거예요."

항상 율리시즈가 앉아 있던 자리는 그를 위한 테이블로 변해갔다.

페네로페는 율리시즈를 위해 새로 가구들을 배치했다. 그럼에도 주인공의 손길을 맞을 수 없는 그의 침대는 먼지로 더럽혀져 있었다.

그러나 율리시즈의 영예가 담겨 있던, 그가 쓰던 위대한 활은 여전히 홀에 걸려 빛을 발하고 있었다. 10년이 지난 지금도 그간의 영예를 지닌 채 빛을 발하고 있었던 것이다.

시간이 지남에 따라 율리시즈의 아들 텔레마추는 아버지 못지않은 건장한 청년으로 성장했다. 그는 깨끗한 매너와 자비로움을 지닌, 매우 키가 큰 청년이었다. 또한 그의 어머니인 페네로페 역시 시간이 지났음에도 아름답기만 했다. 우아한 자태는 시간의 횡포에도 아랑곳없이 시들지 않고 모든 남성들의 마음을 들뜨게 했다.

사람들 모두가 시간의 함정에 갇혀버리는 것은 아니다. 페네로페는 그 시간들을 탈출하여 근면함과 우아함, 거기다 더해 청순함과 사랑스러움까지 겸비해내고 있었던 것이다.

그리스의 모든 사람들은 아직까지도 남편밖에 모르고 있던 페네로페를 가여움과 안타까움으로 칭송했다. 모든 남성들이 페네로페에게서 보이고 있는 모든 아름다운 요소들에 대해 끊임없이 칭찬했다.

"비록 나이가 든 여자지만 정말 아름답기 그지없어."

"그럼, 아직도 청춘이야. 처녀보다 더 탱탱한 몸과 아름다운 얼굴이 얼마나 매력적인데."

이렇듯 페네로페는 모든 남성들의 우상이 되었다. 그러나 한편으로는 그녀를 나무라는 소리도 들렸다.

"정말 멍청한 여자야. 어쩌면 미쳤는지도 몰라."

"글쎄 말이야. 그런다고 율리시즈가 살아 돌아오겠나? 살아 있으면 왜 안 돌아오겠어? 누가 그런 부인을 두고 다른 곳에서 썩고 있겠어?"

"그럼에도 그녀는 죽을 때까지 율리시즈를 기다리고 있을 거야. 아직까지 꼿꼿한 그녀를 보면 알 수가 있어."

"그러다가 넘어간 여자가 한둘인가?"

어찌 됐든 백성들은 율리시즈가 죽었다는 것을 확신했다.

"모든 사람들은 율리시즈가 죽었다는 사실을 알고 있다. 이제 페네로페는 재혼을 해야 한다. 그리스의 젊은 대장 하나가 그녀와 결혼을 해서 이타카 왕국을 지배해야 할 것이다. 이 세상 누구보다 부자인 페네로페이다."

과연 머지않아 페네로페의 마음을 사로잡기 위해 돌진하는 사람들이 있었다. 그녀의 사랑을 차지하기 위해 많은 사내들이 이타카를 향했다. 그러나 무엇보다 그들은 먼저 페네로페의 재산을 탐냈다.

제일 먼저 페네로페에게 접근한 사내는 안티노스라는 인물이었다. 젊은 그는 돈을 물 쓰듯 쓰는 사람이었다. 오만하고 거만하기 그지없는 외모와 더불어 무례하기까지 한 인간이었다.

그 뒤를 따라온 사내는 멋쟁이로 소문난 안젤라스였다. 자부심으로 가득한 그의 호리호리한 모습과 훌륭한 의복이 헤어스타일과 잘 어울렸다.

세 번째 사내는 돈 많은, 늙은 상인인 레오크리투스였다. 거만하고 살이 찐 이 사람 역시 번쩍이는 부만을 자랑했다.

그들은 자신들의 시종과 일행들을 데리고 곧장 궁전으로 입성했다. 이들 모두는 방문예절이 전혀 없었다. 그들 모두는 그곳에 머물던 사람들의 의사와는 상관없이 귀빈으로 대접받기를 원했다.

그들은 페네로페를 불렀다.

"우리나라의 오랜 관습은 과부가 오랫동안 개가를 하지 않는 것을 용납하지 않소. 우리 모두는 청혼자들이오. 당신은 우리에게서 돌아서면 안 됩니다. 어서 선택해 주시오. 지금 당장 여기에 있는 사람들 중 당신 마음에 드는 사람을 고르면 나머지 사람들은 떠날 것이오."

청혼자들은 부지런히 서로를 밀치고 부딪치며 자신의 장점을 늘어놓기 시작했다. 자신만이 귀한 혈통이며, 막강한 친구들의 자랑이며, 엄청난 부귀와 용감하기 그지없는 용기를 자랑삼았다.

그러나 페네로페는 풀 죽은 목소리로 대답할 뿐이었다.

"여러 영웅님들, 그렇게 할 수가 없습니다. 저는 결코 율리시즈가 죽었다고 생각할 수 없습니다. 저는 그에게 한 약속대로 이 왕국을 제가 죽을 때까지 지키고 있을 겁니다. 율리시즈가 돌아올 그날까지 말예요."

그 말을 들은 청혼자들은 한결같이 빈정거렸다.

"돌아온다고? 누가? 그는 결코 돌아올 수 없다는 걸 정말 모른단 말이오?"

다른 청혼자가 말했다.

"지금 당신의 선택이야말로 탁월한 선택이 되는 것이오."

하지만 페네로페의 뜻은 단호했다.

"저는 아직 기다리고 있어요. 한 주, 한 달, 앞으로도 영원히 그를 기다릴 거예요. 제 방에는 절반쯤 뜨다 만, 아마포로 만든 수의가 있습니다. 저는 그 수의를 아버님에게 입혀드릴 겁니다. 아버님은 너무 연로하셔서 얼마 살지 못하십니다. 만약 율리시즈가 끝내 돌아오지 못한다면 이 바느질도 끝일 겁니다. 그때 가서 제가 선택할게요. 그때 가서는 자발적으로 여러분들에게 프러포즈를 하겠습니다."

"이 바느질을 매일 하는 겁니까?"

안티노스가 그녀에게 물었다.

"물론이에요. 저는 언제나 제 방에 앉아 수의를 뜨고 있지요. 만약 아버님이 갑작스레 돌아가시게 되면 수의가 완성될 수가 없어요. 그것은 죄악이 될 수밖에 더 있겠어요? 그러니까 부지런히 떠야지요."

그 말을 들은 안젤라스가 말했다.

"우리 모두 페네로페가 자진해서 청혼을 할 때까지 기다리기로 합시다."

"그때까지 우리들은 남은 시간을 즐기는 게 어떻겠습니까."

청혼자들은 그 후 자신들에게 정해진 방으로 가서 시간을 보내게 되었다.

그들은 매일 최고의 것들에 둘러싸여 있었다. 매일 큰 파티를 열었고 율리시즈의 궁전을 자신들의 집으로 생각하며 먹고 마시는 데 모든 시간들을 허비했다. 그들은 지하실에 있는 와인을 꺼내 정원으로 나가 마시면서 과실과 꽃들의 향연을 벌였다. 또 무례하게도 궁전의 가장 멋진 침실을 골라 잠을 잤다. 그들은 건방지고 버릇없게 끊임없이 이타카 사람들에게 혐오감을 주고 있었다. 또한 페네로페의 친구들과 하인에게까지 참을 수 없는 모욕을 주었다.

3. 비밀

페네로페는 자신의 방에 앉아 바느질을 했다.

"제가 얼마만큼 실을 짰는지 한번 보세요."

저녁이 다가오자 페네로페가 그들에게 말했다.

밤이 되자 청혼자들은 잠이 들었다. 그 모습을 본 페네로페도 자신의 하루 일과를 끝냈다. 그런데 아무리 그녀가 항시 같은 작업을 해도 수의는 완성되지 않았다.

어느 날 밤 텔레마추는 우연찮게 어머니가 열심히 일을 하고 있는 방 안을 들여다보았다. 어머니는 달빛이 비치고 있는 홀 안을 서성이며 아버지가 꼭 살아 돌아오기만을 간절히 빌고 있었다.

얼마 되지 않아 지하실에 있던 포도주와 식량들이 귀찮은 손님들로 인해 바닥이 나고 있었다. 그러자 청원자들은 페네로페가 짜고 있는 수의에 대해 말하기 시작했다.

"우리는 그래도 끝까지 기다려야 해. 그녀가 실을 짜고 있는 동안 우리는 즐거움을 위해 먹고 마시는 데에만 시간을 다 보냈잖아?"

그렇게 한 달이 지나자 결국 지하실에 비축되었던 술과 식량들이 바닥이 났다. 먹을 것이 넉넉했던 그곳에서 살던 살이 찐 쥐들이 비어버린 지하실에서 서로들 잡아먹고 난리였다.

마찬가지로 부엌에서 시중을 드는 하인들 역시 잔치에 필요한 음식을 구하느라 보통 애를 먹는 게 아니었다. 급기야 귀찮은 청혼자들은 페네로페에게 불평불만을 늘어놓았다.

"언제쯤 바느질이 끝날 것 같소?"

그들은 페네로페를 바라보며 인상을 썼다. 하지만 페네로페의 표정은 변함이 없었다.

"저는 매일 그 일을 하고 있을 뿐입니다."

"아니, 실을 중국에서 수입하나? 왜 그리 시간이 많이 걸리는 거요?"

"저는 아주 천천히 실을 짠답니다. 아주 정성을 들이는 것이죠. 정성을 다해 걸작을 만드는 거예요. 얼마나 섬세하게 만드는지 몰라요. 그런 작업이야말로 걸작이 되는 게 아닌가요? 부모님께 드리는 거라서 그런 거예요. 그래서 이렇게 시간이 많이 걸리는 겁니다."

그 말을 들은 안젤라스는 결코 만족할 수가 없었다. 그는 새벽이 다가

오자 조심스럽게 기어서 큰 홀을 지나 그녀가 바느질하고 있는 방을 엿보았다. 그곳에는 아주 작은 램프가 켜져 있었다.

페네로페는 그곳에 앉아 부지런히 뭔가를 중얼거리고 있었다. 그녀의 입에서는 계속 율리시즈의 이름이 불렸다. 그런 모습을 지켜보던 안젤라스는 가만히 그녀의 움직임을 살폈다. 그녀를 지켜본 그는 자리에서 조용히 돌아서며 중얼거렸다.

"완전히 페네로페에게 놀아난 거야. 트릭은 참 좋은 거지. 그러나 오래 갈 수 없는 법이다."

다음 날 아침 반갑지 않은 손님들 모두가 그 비밀을 알게 되었다.

그때 페네로페는 홀에 앉아 있었다. 그녀가 그들에게로 왔을 때는 모두 비웃음으로 그녀를 맞이했다.

"공정한 왕비시여. 당신은 아주 교활한 인간이오. 우린 결국 당신의 본모습을 찾아냈소. 우리 모두가 당신의 교활함을 알아냈단 말이오. 그 악랄한 수의는 오늘 안으로 완성되지 않으면 안 될 것이오. 그리고 당신은 중요한 선택을 오늘밤 안으로 해야만 하오. 우린 더 이상 기다릴 수가 없소."

"아, 왜 그리 어려운 부탁을 하시는지요? 제발 저에게 조금의 시간을 더 주세요. 저에게 하루를 더 주시기를 원합니다. 저는 그때까지 수의를 꼭 완성할 것을 약속드립니다. 내일 밤 모든 것들이 완성될 겁니다."

"우린 한 시간가량은 더 기다릴 수가 있소. 하지만 그 이상은 결코 안 되오!"

안티노스가 큰 소리로 말했다.

"암, 그렇고말고. 더 이상의 시간은 결코 줄 수가 없지!"

그 소리들만이 홀 안으로 울려 퍼지고 있었다.

4. 빛바랜 무기

다음 날 정오가 되자 귀찮은 손님들이 여느 때와 다름없이 홀 안에 모여 있었다. 잔치는 끝나버렸다. 이제 다시는 그들 모두 춤추며, 노래하며, 마시며, 먹기를 반복할 수 없었다. 그들은 홀 안을 그렇게 어지럽히고 있었다.

사방에서 들썩거리는 소리가 들렸다. 그 소동으로 침실과 궁전이 흔들렸다. 매달려 있던 방패와 검들이 서로 맞부딪히며 덜그럭거리는 소리를 냈다.

그런 소란이 극에 달하지 텔레마추가 에무스를 따라 들어왔다. 에무스의 아버지는 하인들 중 제일 나이가 많고 충실한 하인이었다. 귀찮은 손님들이 매우 소란스럽게 굴면서 잡담하고 있었기에 안으로 들어선 사람들을 거의 알아차리지 못했다.

"주인님, 이 창과 검들은 오랫동안 저곳에 매달려 있었습니다. 당신의 아버님이 돌아오실 때까지 잘 보존해야 됩니다."

에무스가 말했다.

"물론이지, 저들이 연기와 먼지로 아주 더럽히고 있다. 저것들을 안전한 방으로 옮겨야 할 것 같다. 어서 떼어내자, 저 흉상들까지. 저들은 저

것들을 옮기지 않기를 바라겠지만 말이야."

텔레마추가 말했다.

"그것 참 좋은 생각입니다. 저는 창과 노를 운반할 테니 주인님은 검을 옮기시지요."

충직한 늙은 하인이 말했다.

"잘됐어, 에무스! 지금 당장 하자고. 그러나 내 아버님의 큰 활은 홀 한 가운데에 걸려 있어 건드려서는 안 될 것 같다. 어머님이 매일 갈고 닦으셔서 윤기가 번들번들하지. 저것이 없어진 것을 어머님이 아시면 분명 가슴 아파 하실 거야."

벽에 걸려 있던 무기들은 큰 문제가 없었다. 그러나 그곳에는 귀찮은 청혼자들이 있었다. 텔레마추와 에무스는 여러 번 오가며 그것들을 옮겼다.

"도대체 왜 창과 검을 옮기는 거야? 뭐 하려고?"

안티노스가 소리치며 말했다. 그러나 그들은 그 말에 아랑곳하지 않고 마지막 짐까지 모두 옮겨 놓았다.

"아버님이 귀하게 여기시던 거라 손상될까 봐 보관창고에 옮기는 겁니다. 무엇이든 방치를 하게 되면 여기저기 상하게 되잖아요?"

이렇게 말하며 텔레마추는 하던 일을 계속했다.

"그거 참 좋은 말이오."

젊은 청혼자가 텔레마추를 보면서 한 말이었다. 그런 텔레마추를 보면서 레오크리투스가 비웃었다.

"저 친구는 아직도 지 애비를 기다리고 있구먼. 불쌍한 놈!"

5. 영웅의 귀환

그때 낯선 거지 한 명이 안마당으로 들어서고 있었다. 누더기를 걸치고 있는 거지는 한눈에 보아도 빌어먹는 데 이골이 난 모습이었다. 신발은 벗겨져 있고, 머리는 대머리에다가 떨리는 손을 들고 자빠질 듯 홀 안으로 들어오는 모습이 정말 가관이었다.

그 모습을 보자 몇몇 하인들은 웃음보를 터뜨리며 그를 비웃었다.

"이 인간아, 어딜 함부로 들어와?"

하인들은 그에게 버릇이 없다며 나가라고 큰 소리를 쳤다. 그러나 다른 인정 있는 사람들은 그에게 연민을 느껴 야단치고 있는 하인들의 무례함을 꾸짖었다.

"그래도 다 같은 사람이다. 그럴 필요 없어."

인정 있는 사람들은 행여나 그에게 율리시즈에 대한 소식을 기대했다.

"저 사람이 왕비님이 항시 기도하며 기다리고 있는 소식을 가져왔는지 누가 아는가? 행색을 보아하니 먼 곳에서 온 것 같은데 말이야. 그러니까 일단 대접을 해줘야 해."

뜰에는 아주 나이가 많이 든 그레이하운드종인 아르고스가 있었다. 그 개는 나이가 들고 이빨이 모두 빠져버려 항시 누워만 있었다.

기력을 다해 하루하루 사는 게 여간 고역이 아닌 것 같았다. 그래도 20년 전의 아르고스는 날렵하고 아름다운 사냥개였다.

이 개는 율리시즈의 친구로서 충견으로 소문난 좋은 개였다. 그러나 세월이 너무 흘러 천명을 다한 아르고스는 남의 도움이 아니고는 자리에서 일어날 힘도 없었다. 그래도 율리시즈가 아끼는 충견이라서 남편 돌보듯 페네로페만이 그 개의 시중을 들고 있었다. 성한 데 없는 환자가 된 아르고스는 침침한 눈으로 뭔가를 유심히 바라보고 있다가 무척 놀란 듯 동공을 확대했다. 거지의 인기척에 비틀거리며 일어난 아르고스는 갑자기 몸에 경련을 일으키며 흥분된 소리를 내기 시작했다.

거지는 아르고스에게 다가가 그의 늙은 눈을 가만히 바라보았다.

아르고스는 사력을 다해 몸을 일으켜 자신을 바라보고 있는 걸인의 몸에다 머리를 비벼댔다. 아르고스의 꼬리가 거의 몇 년 만에 움직이는 듯했다.

꼬리를 칠 때마다 아르고스의 몸뚱이는 돌아가고 있었고, 아르고스가 비벼대고 있는 걸인의 무릎은 개의 콧물과 눈물로 인해 더욱 지저분해졌다.

걸인이 아르고스의 머리를 쓰다듬으며 자신의 가슴에 머리를 갖다 댔다. 아르고스는 가물가물해지는 기억을 되새기며 날고 기던 한창 때의 주인과 함께 뛰놀던 사냥터를 기억해내고 있었다. 하지만 이제는 그렇게 보고 싶었던 주인과 헤어져야만 한다. 이제 남은 시간이 없었다. 아르고스는 주인을 바라보며 몸을 늘어뜨렸다.

굳어버린 아르고스를 바라보며 걸인이 말했다.

"내 가엾은 친구여!"

이 말을 읊조리며 그만 눈물을 보이고 말았다.

그 모습을 보고 있던 안티노스가 소리쳤다.

"저 개한테 무슨 일이 생긴 거야? 저 거지새끼가 개를 잡았구먼!"

안티노스는 소름이 끼치는지 울부짖듯 소리쳤다. 그가 있는 홀 안은 마치 짐승 우리처럼 보였다. 그만이 아니라 다른 사람들도 짐승들처럼 웃어대고 있었다.

"저 개는 저 거지새끼 때문에 죽은 게 아니라 제 안주인이 비탄에 잠겨 있는 모습을 보고 가슴 아파 죽은 거야. 낄낄낄!"

사람들은 페네로페를 놀려댔다.

다시 거지가 안으로 들어섰다.

"도대체 뭐 하자는 거야?"

네오크리투스가 소리쳤다.

"도대체 이 거지새끼, 뭘 얻어먹을 게 있다고 여기서 주절대고 있는 거야? 미친놈 아냐?"

다른 사람들이 험한 말들을 했다. 어떤 사람은 그에게 빵을 내던지기도 했다.

"야! 이놈아, 이곳이 왕의 궁전임을 모른단 말이냐? 고귀하신 페네로페님이 화내기 전에 어서 나가지 못할까?"

걸인을 보자 에무스도 나무랬다.

"어서 나가요, 어서!"

"잠깐, 난 율리시즈님의 아드님과 얘기할 게 있어 이렇게 온 것이라오."

거지가 자신이 온 목적을 밝히자, 그 자리에 있던 텔레마추가 자신이 그 주인임을 밝혔다. 하지만 텔레마추 역시 거지의 행색이 너무 더러워 아버지의 궁전을 모욕시키는 것 같아 심하게 눈살을 찌푸리며 화가 난 표정을 지었다.

"무슨 일 때문에 그러시는지는 모르겠지만 얼른 용건만 말하세요."

"오, 고귀한 젊은이로 자라셨군요."

텔레마추를 보자 걸인은 아주 반가운 표정을 지었다.

"한눈에 보아도 강하고 정의로워 보이는군요. 삶은 당신 곁에서 영원한 듯 보이지만 나는 이미 떨어진 낙엽처럼 한물갔지요. 지옥의 나날만 남은 겁니다. 나는 당신께 내 고통을 가엾게 여기시기를 기원합니다."

걸인은 낮은 목소리로 텔레마추에게 다가가 속삭였다.

"그런데 누가 이 홀 안의 무기들을 옮기라고 했소? 이놈들이 이 자리에서 살아남을 것 같소?"

"하나도 예외 없이 활만을 제외하고 모두 이 홀에서 옮겼습니다."

텔레마추도 속삭이는 목소리로 말했다.

"애야, 지금 이 자리에서 놈들을 죽이라는 말이냐?"

"지금 치자고요?"

늙은 에무스는 숨이 가빠지며 그들의 말을 거들었다.

속삭이듯 딴 짓을 하고 있는 텔레마추 무리를 보고 있던 안티노스가 급하게 그들의 대화를 막았다.

"거지새끼와 무슨 잡담을 그렇게 하고 있어? 네 애비를 생각해서라도 빨리 데리고 나가서 볼기나 치도록 해라."

"맞아, 어서 데리고 나가! 냄새가 고약하기 이를 데 없군."

젊은 청혼자가 코를 막으며 말했다.

"빨리빨리 해!"

사람들은 한 자리로 모여들어 손짓 발짓으로 걸인에게 명령을 해댔다. 그때 네오크리투스가 그를 잡았다.

"잠깐, 그를 좀 잡아 봐! 우리, 저 걸인과 함께 게임이나 한번 해볼까? 저 거지에 관한 건 공정한 페네로페 손에 달려 있는 게 아닐까? 그렇지 않소, 거지양반?"

걸인은 그 말에 아무런 대꾸도 하지 않았다. 그러나 그는 지팡이 손잡이를 거머쥐며 홀 안을 관통하고 있는 멋진 계단 위로 자리한 붉은색의 왕비 침실을 바라보았다. 그 계단 아래로 사랑스런 페네로페가 내려오고 있었다. 이제는 나이가 들어 사랑스럽다기보다는 위엄 있는 아름다움으로 고귀함을 풍기고 있는 페네로페였다. 그녀는 하인과 하녀를 동반했다.

"왕비님, 왕비님이 납시셨군요!"

그들이 소리쳤다.

"약속을 지키려고 내려오신 것이겠지요? 왕비마마?"

귀빈들이 실쭉대며 말했다.

"텔레마추! 내 아들아!"

페네로페가 아들을 불렀다.

"왜 이 가난한 분을 홀대하고 있는 거냐?"

"어머니, 이 자는 떠돌이 걸인으로 물살처럼 나타난 사람입니다. 그리고 아버님의 소식을 전하러 왔다지 뭡니까."

"왜 그럼 내게 먼저 말하지 않았느냐?"

"저는 우선 지치고 지친 이 사람에게 여기에 머물고 있는 손님들처럼 푹 쉬게 하고 피둥피둥 살을 찌게 한 후 아버님의 소식을 물으려고 했지요."

그 말을 들은 페네로페는 걸인을 예전에 왕이 기거하던 붉은 방 옆 침실 소파에서 휴식을 취하도록 했다. 그리고 아들을 불러 걸인에게 음식과 음료를 손수 나르게 했다.

"얘, 멜람포야,"

페네로페가 하녀를 불렀다.

"이분에게 발 씻을 물을 준비해 씻겨드리렴."

"저는 안 할래요."

자존심 강한 하녀가 몸을 뺐다.

"죽으면 죽었지 거지 몸까지 씻기고 싶지는 않아요!"

"그럼 제가 왕비님의 명을 받들어 걸인의 발을 씻겨드릴까 합니다."

이렇게 말한 사람은 에리클레아라는 부인이었다. 그녀는 궁전에서 최고의 유모로, 율리시즈를 어렸을 때 돌보던 것처럼 그 가족들을 돌보고 있는 충성스런 사람이었다.

에리클레아는 말이 끝나자마자 따뜻한 물을 큰 옹기에 담아 걸인 앞에 무릎을 꿇고 그의 발을 씻기기 시작했다. 걸인의 발을 씻기던 그녀가 깜짝 놀라 몸을 일으켰다. 그리고 그만 물을 엎질렀다.

"세상에, 맙소사! 오, 주인님! 이 흉터는?"

눈치 빠른 에리클레아는 놀라움의 순간을 걸인만이 들을 수 있도록 아주 낮은 소리로 말했다. 그녀는 곧바로 목소리를 높여 주위 사람들이 들을 수 있도록 말했다.

"제가 나이가 들어 그만 물을 엎지르고 말았습니다. 더 큰 그릇에 물을 받아 오겠습니다?"

"오, 나의 다정한 유모!"

걸인도 유모에게 속삭이듯 말했다.

"유모의 사려 깊은 현명함에 감탄을 금치 못하겠습니다. 내 어렸을 적 흉터를 아직까지 기억하시고 나를 금방 알아보시는군요. 조금만 더 기다려주십시오. 이제부터 복수의 시간이 시작될 겁니다."

"오, 폐하! 저는 예전부터 꼭 돌아오실 줄 알고 있었습니다. 왕비님처럼요."

에리클레아가 율리시즈에게 속삭였다.

확실히 이 걸인은 율리시즈가 틀림없었다. 바로 이 성의 주인인 왕인 것이다. 예전에 이곳으로 향하던 중 작은 보트에 이끌려 버려졌던 그 율리시즈인 것이다.

그날 그 아침, 혼자 표류되었던 그 작은 섬에 율리시즈가 있었다.

그는 그 누구보다 충성스런 늙은 에무스와 아들에게 그 사실을 알렸었다. 그리하여 이 두 사람만이 율리시즈의 행방을 알고 있었다.

율리시즈는 은밀히 에무스와 아들에게 오래된 무기들을 큰 홀에서 떼어내라고 시켰던 것이다.

나이 든 유모 역시 현명하기 그지없는 여인이었다. 그녀는 분명 율리시즈의 존재를 알고 있으면서도 태연스런 연기를 했다. 페네로페조차 알지 못하게 말이다.

에리클레아는 절뚝거리며 물을 채운답시고 부엌으로 갔다. 그녀의 입에서는 연실 걸인에 대한 불평소리가 새어나오고 있었다.

텔레마추는 아버지를 붙잡으며 이렇게 속삭였다.

"왜 지금 치시지 않는 겁니까?"

6. 이상한 거지

그러는 동안 귀찮은 손님들은 잔칫상에 둘러앉아 예전보다 더욱 표독스럽게 자기들끼리 얘기를 주고받고 있었다.

"신중한 페네로페여, 어서 듭시오."

그들이 페네로페를 보며 사납게 조소했다.

"우리의 향연장에서 어디 한번 더 지껄여 보시지. 거지는 사정 이야기를 내일 하게 될 것이오. 우리는 절대로 더 이상 지체할 수 없소. 이렇게 달이 뜨지 않소? 당신이 한 약속을 지켜주시오. 우리 중에 한 사람을 지목해 남편으로 정해야 하오. 이 사실을 알아야 해요. 당신이 눈 빠지게 기다리고 있는 율리시즈가 설사 살아 있다 해도 우리들을 막을 수는 없을 것이오. 우리가 그를 죽일 것이니까."

"그럼, 그렇고말고. 어서 선택해 주시오. 제발 나를! 설사 아폴로라 해도 내 빼어난 모습을 보면 두 손을 들 거요."

맵시 있는 안젤라스가 말했다.

"페네로페는 내 여자야! 내 전 세계의 반을 주리다. 덤으로 저 하늘의 달까지 말이오."

부자인 네오크리투스가 말했다.

"페네로페가 눈이 삔 줄 아시오?"

거만한 안티노스의 말이었다.

청혼자들이 이렇게 멋대로 지껄이는 동안 페네로페는 인상을 찌푸리며 말했다.

"영웅들이시여! 지금 엉뚱한 말들을 하고 계시는 겁니다. 저는 제 방식대로 선택을 할까 합니다. 위대한 활이 걸려 있는 저 홀을 한번 바라보세요. 저 활은 율리시즈에게 잔인한 운명이 접혀지기 전 트로이 전쟁에서 영웅담을 심어준 정말 위대한 활이랍니다. 각자들 다가가서 저 활을 한번 구부려 보세요. 율리시즈처럼 당겨 보시란 말이에요. 저는 여러분들 중 가장 능숙하게 저 활을 쏘시는 분을 선택할까 합니다."

"거 참, 괜찮은 생각이오."

청혼자들이 한목소리로 말했다.

"우린 당신의 말에 동의합니다. 텔레마추, 저 활을 건네주시오. 그리고 당신이 채점을 하시오."

첫 번째로 안티노스가 나섰다. 그는 손으로 활을 구부려 보았다. 하지만 활시위가 너무 강해 그의 팔과 손가락이 그만 튕겨져 나오고 말았다. 그는 그대로 뒤로 자빠져 나뒹굴다 일어서며 말했다.

"이걸 사람이 쏘라고 만들었냐? 저년은 결혼하기 싫어 괜히 트집을 잡고 있는 거야!"

모든 청혼자들이 활시위를 당겨 보았지만 결과는 똑같았다.

"세상없는 거인도 이건 쏘지 못한다!"

"차라리 우리가 싫다면 싫다고 해!"

"그놈이 이걸 정말로 쐈다면 저년이 못 잊을 만도 하지!"

이렇게 빈정대던 그들의 장난기가 다시 발동했다.

"우리, 심심한데 저 거지새끼 한번 불러보자."

"그래, 지금쯤 놈은 발을 다 씻었겠지? 그놈도 힘깨나 쓸 것 같은 놈이니까 우리의 시합에 한번 끼어주자고."

그들은 다시 비웃음으로 빈정댔다.

그때 율리시즈는 자신이 머물던 소파에 앉아 홀 안을 바라보았다.

그는 잠시 망설이고 있는 듯싶었다. 예전에 그는 활을 수집하는 걸 좋아해 그렇게 멋진 활을 홀에다 전시해 놓았었다. 그걸 지금의 페네로페가 광을 내듯 그렇게 쓰다듬었다.

걸인은 걸음을 옮겨 활을 잡아 보았다. 그는 활을 단단히 잡고 시위를 당기는 포즈를 취하며 이렇게 말했다.

"내가 젊은 시절에는 분명 이런 활쯤은 단번에 날려버렸을 만도 할 텐데 지금은 좀……."

아직도 완벽한 걸인의 모습을 지니고 있는 율리시즈는 엉성한 포즈로 화살을 잡고 있어 도저히 그 활을 당길 수 없을 것 같아 보였다. 그 모습을 본 사람들은 신이 나서 장난으로 응원을 했다.

"어이, 늙은이, 자넨 젊은이야, 젊었다고 생각하면 한번 당겨 보라고, 늙은이 파이팅! 당신은 할 수 있어, 너만은 할 수 있어!"

안티노스가 하얀 이를 드러내며 놀리고 있었다.

그때 갑자기 율리시즈에게 엄청난 변화가 일어났다. 그가 또렷이 활시위를 구부리고 있었던 것이다. 그제야 그의 본 모습이 드러나고 있었다. 더러운 누더기 옷이 벗겨지면서 왕의 근엄한 모습이 드러나고 있었던 것이다.

"오, 율리시즈! 진정 당신은 율리시즈군요! 나의 왕이시여!"

페네로페가 소리치며 유모의 품으로 기절해 버렸다. 그 모습을 보고 있던 사람들의 표정이 그대로 굳어졌다. 그것은 경고음처럼 그 홀에서 빠져나가야만 생명이 부지될 것이란 확실한 경고였다. 순간 그들의 발길이 돌려질 새도 없이 율리시즈의 정확한 화살이 목표한 표적에 관통되고 있었다.

"이제부터 내 파티의 시작을 알리노라. 내 집에서 지독히도 버릇없이 굴었던 그대들을 말소하노니, 이것이 내 복수이니라."

영웅이 근엄한 표정을 지으며 다시 활시위를 놓았다. 팅 하는 소리가 나는 동시에 안티노스가 그대로 문지방 아래로 고꾸라져 피를 쏟고 있었다.

다시 화살이 안젤라스에게로 날아가 그를 분쇄시켰다. 그의 고급 옷들이 먼지와 피로 범벅이가 되었다.

탕! 마치 총소리와도 같은 분노의 소리를 내면서 화살은 미천한 부자 네오트리투스의 몸을 관통하여 벽에 꽂혔다.

이렇게 영웅을 무시하고 그의 아내를 탐냈던 인물들은 최후를 맞고 말았다.

이제 세상은 율리시즈의 것이 되었다. 율리시즈는 자신의 왕좌로 사랑하는 아내 페네로페와 귀한 아들 텔레마추를 둘 수가 있었던 것이다.

모든 상황은 해피엔드로 종료되고 세상은 당분간 올바르게 틀을 이루게 될 것이다. 최소한 율리시즈의 시대가 끝날 때까지만이라도.

율리시즈는 사랑하는 아내 페네로페에게 그간의 사연 모두를 말해주었다. 그의 곁에는 아직도 꿈인지 생시인지 분간하기 어려운, 오로지 남편만이 세상의 전부인 페네로페가 어깨를 기대고 있었다. 페네로페 역시 그간 귀찮은 청혼자들과의 분쟁에서 승리할 수 있었던 고충이며, 수의를 핑계로 간절히 드리던 남편에 대한 기도 등을 말해주었다.

아내와 남편은 마주잡은 두 손을 놓을 수가 없었다. 비록 사랑할 수 있었던 20년의 청춘은 사라졌지만 아직까지도 남은 시간은 많이 있었다. 두 사람이 사랑할 수 있는 시간은 영원한 것이다.

마지막으로 페네로페는 침대보를 가지고 왔다. 흰색의 청결한 커버는 두 사람이 사랑을 나눌 침대를 충분히 수놓을 수 있을 만큼 큼직했다. 페네로페는 율리시즈에게 미소를 건네며 말했다.

"이것이 바로 저의 수의랍니다. 남들은 그렇게 알고 있었죠. 저는 당신의 왕국을 지키기 위해 이것을 택했고, 제 기도는 이것을 수놓는 동안 끊임없이 이어졌었죠. 당신을 기다리는 저의 선택은 이것이었고, 결국 제 선택은 바로 영원한 당신이었습니다. 진정 당신을 사랑합니다!"

이렇게 두 사람의 극적인 재회는 막을 내렸다. 그들은 죽음이 둘 사이를 갈라놓을 때까지 잃었던 20년을 만회하려는 듯 누구보다 아름다운 사랑을 나누었다고 한다.

정열은 강이나 바다와 비슷하다. 아픈 것은 소리를 내지만 깊은 것은 침묵을 지 킨다.

― 까뮈

큰 것과 작은 것

큰 전투가 시작되었다. 폭탄들이 폭발하는 소리가 들렸지만 병사들은 무조건 돌격을 외치며 앞으로 나아갔다. 휘익 소리를 내면서 어떤 포탄은 나무를 관통하기도 했고 파편이 튕겨 나갔다.

한 용감한 장군 하나가 전장 속을 누비고 있었다. 포탄 하나가 날아와 공기를 가르며 그의 주위로 떨어졌다.

"장군님, 여기는 정말 위험합니다. 어서 안전지대로 대피하셔야 합니다."

그를 따라온 보좌관이 말 위에 올라탄 채 장군에게 말했다.

그러나 장군은 아랑곳하지 않고 계속 말 위에 앉아 있었다. 순간 장군이 뭔가를 발견했다는 듯 급히 말을 멈추고 나무 아래를 내려다보았다.

"멈춰라!"

장군은 곁에 있던 보좌관에게 말했다. 곧바로 장군은 말 아래로 뛰어내렸다. 장군은 나무 아래에 떨어져 있던 새 둥지 하나를 집어 들었다. 둥지 속의 새들은 너무도 작아 보였다. 아직 어미 새가 되기에는 멀기만 한 새끼들이었다.

새들은 어미가 입에다 먹이를 넣어줄 때처럼 입을 벌렸다. 장군이 새를 들여다보며 보좌관에게 말했다.

"이 작은 새들을 내팽개치고 여기를 떠난다면 도리가 아니지."

둥지를 집어든 장군은 어린 새가 머물 만한 안전한 장소를 찾아 나섰다. 사방을 둘러보던 장군은 어느 큰 나무 아래의 안전한 은신처를 발견할 수 있었다. 다시 포탄이 장군의 주위로 떨어졌다. 처음부터 끝까지 포탄은 줄기차게 떨어지고 있었다.

둥지를 내려놓은 장군은 급히 말안장으로 올라 보좌관을 찾았다. 작렬하는 포화 속에서 장군은 위대한 행동을 했던 것이다. 말이 그렇지 그런 절박한 전장 속에서는 자신의 목숨 외에는 아무것도 보이지 않는 법이다.

"꽝! 꽈꽝! 꽈꽝!"

대포 소리가 사정없이 공기를 가르고 있었다. 그 속에 병사들의 찢어지는 비명소리도 들렸다. 항시 전장은 이렇듯 아수라장으로 변하는 것이 다반사였다.

이런 위급함 속에서도 작은 새에게 끄떡없는 벙커를 만들어준 사람은 다름 아닌 위대한 장군 로버트 리였다. 그의 이름을 딴 리 전차가 만들어진 적도 있었다.

그 전장 속에 자비로운 장군, 리가 있었던 것이다.

그는 최고로 기도를 잘하는, 최고의 사랑을 지닌 장군이었다. 모든 일에는 큰 것과 작은 것이 있게 마련이다. 신이 우리를 사랑하는 것처럼 장군은 모든 것을 사랑했던 인물이었다.

today's best word

언제나 사랑하고 있는 사람은 불평을 늘어놓거나 불행에 빠질 겨를이 없다.

— 쥬베르

영웅의 조건

앤드류 잭슨이 어린 소년이었을 때다. 앤드류는 그때 사우스캐롤라이나에 살고 있던 어머니와 같이 생활했다. 앤드류가 여덟 살 나던 해 어머니로부터 그 유명한 렉싱턴 전투의 영웅 폴 리비어에 대해 듣게 되었다. 흔히들 혁명이라 불리던 그 전쟁은 정말 오래 지속되고 있었다.

왕의 군사들은 쉬지 않고 여기저기에 포진해 있다가 미국의 도시를 공격했다. 사람들은 그들을 영국 사람들이라고 했다. 어떤 이들은'빨간 외투의 사내들'이라 부르기도 했다. 그곳에서는 수많은 전투가 벌어졌고 그러다 보니 미국과 영국의 전쟁에서 역사에 기록될 명 전투 장면이 영화처럼 연출되기에 이르렀다.

치열한 전투는 급속도로 확산되어 결국 사우스캐롤라이나 역시 전쟁의 소용돌이에 휘말릴 수밖에 없었다. 그때 앤드류 잭슨은 큰 키에 은색 머리칼을 휘날리는 17세 소년으로 자라나 있었다. 앤드류가 비장한 각오를 밝혔다.

"내 기필코 그 붉은 코트의 군대를 내 나라에서 내쫓아 버릴 테다. 내가 나서는 순간 네놈들에게는 죽음밖에는 없을 것이다!"

앤드류는 이렇게 각오를 다진 후 형이 살고 있던 작은 목장의 말을 타고 전장으로 향했다. 아무리 봐도 17세 소년이 전사가 된다는 건 좀 무리가 있어 보였다.

그러나 군인이 되려던 앤드류는 나이로 인해 전투병이 될 수는 없었지만 비전투원인 정찰병은 될 수 있었다.

키가 크고 늠름한 앤드류는 자신의 임무를 착실히 수행했다. 나이는 어렸지만 앤드류는 일반 사람보다 키도 컸고, 용감하기 이를 데 없어 장교들의 신임을 받았다.

어느 날 말을 탄 채 산길을 헤치고 나가던 앤드류는 몇 명의 영국군 병사들에게 발각되어 곧 생포되고 말았다. 그들은 앤드류를 영국군 막사로 데려갔다. 앤드류를 본 영국군 파견대장이 앤드류에게 물었다.

"네 이름이 무엇이냐?"

"앤드류 잭슨이다."

"좋아, 앤드류 잭슨, 네가 할 일을 주겠다. 무릎을 꿇고 내 군화에 묻은 진흙을 닦아라, 아주 반짝반짝 윤이 나도록 말이다."

그 말을 들은 앤드류가 거만하게 서 있는 파견대장을 노려보면서 한마디 했다.

"난 전쟁포로요. 그러니 포로대접을 해주셔야 합니다."

그 말에 파견대장은 발끈해서 소리쳤다.

"네놈은 반역자에 불과하다! 네놈이 할 일은 바로 이 자리에서 무릎을 꿇고 내 군화를 반짝이게 닦는 것이다. 그 이상은 없다."

앤드류 잭슨은 이에 굴하지 않고 대답했다.

"내가 살아 있는 한 그 어떤 영국인들에게도 종노릇은 하지 않을 것이오!"

그 말을 들은 파견대장은 불같은 화를 이기지 못하고 칼을 뽑아들고 칼등으로 소년을 내려쳤다.

앤드류는 손을 뻗어 칼날을 막느라 손가락이 깊게 베이고 말았다. 그 모습을 본 다른 장교들이 사태를 수습하려 소리치며 달려들었다.

"이 소년은 정말 용감한 병사입니다. 이 소년에게 신사의 예우를 갖춰주시기를 원합니다. 대영제국 장군의 체면을 지키셔야 합니다."

얼마 후 앤드류는 포로 신분에서 벗어날 수 있었다. 영국군은 정말 용감하고 당당한 앤드류를 예우하는 입장에서 그를 집으로 돌려보냈던 것이다.

세월이 흐른 얼마 뒤 앤드류는 국회의원이 되었고 테네시 주 대법원장으로 선출되었다. 또한 장군으로 임명되어 전장에서 맹활약했고, 마지막으로 여든 살에는 미합중국 대통령까지 되었던 것이다.

젊은 시절의 각오가 그대로 사그라지는 사람이 있는 반면 자신과의 약속을 지키기 위해 평생을 오직 자기의 굳센 신념으로 사는 사람도 있다.

앤드류 같은 인물이 바로 그런 대표적인 사람일 것이다.

에이브러햄 링컨

　화창한 어느 봄날, 시골 길을 달려 나가는 네 명의 사내가 보였다. 그들의 직업은 변호사였고, 옆 마을에서 벌어지는 재판에 참석하기 위해 서두르는 중이었다.

　비가 온 후라서 땅이 질퍽거렸다. 비는 그쳤지만 나뭇잎에 스며 있던 물방울들이 아직도 바람이 불 때마다 그들의 머리 위로 떨어졌다.

　서둘러 말을 달리던 네 사람 앞으로 큰 진흙 구덩이가 나타나는 바람에 그들은 차례로 통과하려고 줄을 섰다. 그들은 별 탈 없이 그곳을 통과할 수 있었다.

　이어 그들이 작은 숲을 통과할 때였다. 그들의 머리 위로 푸드덕거리는 소리가 들리는 듯싶더니 길옆 풀밭으로 뭔가가 떨어져 희미하게 지저

귀는 소리가 들려왔다.

"찌르르, 찌르르!"

스피드라는 첫 번째 번호사가 그 소리를 듣고 말했다.

"이게 무슨 소리지?"

하던이라는 이름을 가진 두 번째 번호가 대꾸했다.

"이건 분명 어미 개똥지빠귀 소리인데? 비바람 때문에 아마도 새끼가 나무 둥지에서 떨어진 모양이야. 그러니까 어미 새가 이렇듯 애처롭게 울지."

다른 변호사가 다시 말을 받아주었다.

"이렇게 길가 물웅덩이에 온 가족이 몰살되겠군! 안 그래, 하던?"

"맞아, 안 됐지만 할 수 있나? 바쁜 우리가 구해줄 수는 없는 노릇 아니겠어? 이건 우리가 신경 쓸 일이 아니야. 얼른 길이나 가자고."

"맞아, 우리가 너무 예민해진 것 같아."

스피드가 마지막으로 말했다.

이렇게 세 변호사는 질퍽한 숲길을 바라다보며 부지런히 말을 몰아 떠났다.

그러나 자신의 일이 아닌 변호사들과는 달리 새끼를 구할 수 없는 어미는 이리저리 필사적으로 날뛰며 제 짝에게 구원을 요청했다.

세 변호사는 좀 전과 같이 웃고 떠들며 자신들의 갈 길을 재촉하고 있었다. 그런 그들은 잠시 후 새들에 관한 건 모두 감쪽같이 잊고 있었다.

하지만 네 명의 변호사 중 한 사람이 남아 있었다. 마지막 변호사의 이름은 바로 에이브러햄 링컨이었다. 그가 다른 변호사들과 같이 그냥 떠들며 그곳을 지나쳤다면 모든 미국 국민이 실망했을 것이다.

하지만 링컨은 뭔가가 달랐다. 말에서 내린 링컨은 떨어진 새끼 새들을 자신의 크고 따스한 손바닥 위에 올려놓았다. 링컨의 부드러운 손에 본능적으로 포근함을 느낀 새끼 새들은 두려워하지 않았다.

"이제는 됐어, 작은 친구들. 내가 안전한 집으로 돌려보내 줄게. 물론 보수공사도 해줄 테니 걱정하지 말게나."

새 집을 찾고 있던 링컨은 곧 둥지를 발견할 수 있었지만 상상 외로 나무꼭대기에 아스라이 매달려 있었다. 하지만 링컨은 어렵지 않게 나무 꼭대기까지 오를 수 있었다. 어렸을 적부터 나무를 타는 데에는 자신이 있었기 때문이었다.

링컨은 새끼 새들을 안전하게 따스한 보금자리로 옮겨주었다. 가만히 들여다보니 둥지 안에는 같은 배로 보이는 두 마리의 새끼가 있었다.

얼마 후 링컨보다 앞서 출발한 변호사들이 말에게 물을 먹이기 위해 샘물 앞에 멈춰 섰다. 그들 중 한 변호사가 말했다.

"잠깐, 링컨은 도대체 어디 있는 거지?"

그들은 그제야 링컨을 두고 왔다는 사실이 기억났다.

"그러고 보니 링컨을 못 봤네?"

"글쎄 말이야, 우리가 먼저 온 건가, 아니면 그 친구가 늦은 건가?"

"아하, 알았어!"

스피드가 무릎을 치며 동료들에게 말했다.

"맞아, 링컨을 두고 우리가 먼저 온 거야. 난 누구보다 링컨을 잘 알고 있지. 여보게들, 아까 그 새들 기억나나? 그 새들을 구하려고 그곳에 남아 있을 거야."

그들이 링컨에 대해 말하고 있는 동안 일을 마친 링컨이 그들에게 합류했다. 링컨의 몰골은 정말 가관도 아니었다. 외투는 나뭇가지로 인해 여기저기 찢겨 있었고, 신발은 진흙투성이가 되어 있었다.

하딘이란 변호사가 링컨에게 말했다.

"링컨, 큰일을 하고 온 것 같은데? 큰일을 하고 얼마나 받은 거지?"

"정말 큰일을 했지. 내게는 마을로 가서 우리가 해야 하는 일보다 훨씬 중요한 일이었지. 물론 대가도 충분히 받았고."

"자네를 보니까 한 영웅이 생각나네. 사소한 일에 치중하다가 그냥 우습게 죽어버린 한 영웅의 슬픈 전설이 있어. 우린 물론 자네가 평범한 성격이 아니란 것을 잘 알고 있다네. 이번에 보니까 확실히 자네는 영웅적인 면모가 보이네."

"그래, 얼마나 받은 건가?"

세 변호사는 하찮은 일에 매달리는 링컨을 소인이라며 은근히 비웃고 있었다. 그런 모습에 아랑곳하지 않고 있던 링컨이 입을 열었다.

"이보게들, 내가 아까 보상을 충분히 받았다고 했지? 맞네. 만일 그 자리를 내가 그냥 빠져나왔다면 난 며칠 동안 그 생각으로 잠을 이룰 수가 없을 걸세. 그 고통은 실로 돈으로 환산되는 내용이 아닐 걸세. 하지만 지금은 너무도 마음이 편하지. 바쁜 내게는 그 대가가 너무도 엄청난 거야. 그것으로 난 충분한 보상을 받았다고 생각한다네."

세상에서 에이브러햄 링컨을 모르는 사람은 없을 것이다. 이 이야기

속의 주인공이 바로 링컨이다. 그 유명한 미국 대통령 말이다.

링컨은 미국의 역사상 워싱턴 다음으로 인정받는 위인이다.

다행히도 그런 위인의 에피소드 중에 분명 이러한 따사로운 인간미의 실화가 많이 있다. 그것은 당시의 노예로 태어난 사람들에게는 크나큰 선물이 아닐 수 없었다.

미국의 아버지

어린 조지 워싱턴이 비장한 각오를 했다.

"나는 기필코 선원이 될 거야! 그래서 세계 각지의 멋진 곳을 차례차례 방문해 볼 거야. 그리고 꼭 멋진 배의 선장이 되어야지."

이때 소년의 나이는 열네 살이었다. 누구보다 바다를 열망하는 조지를 그의 형이 격려했다.

"그래, 네 꿈대로 훌륭한 선원이 되어라."

이렇듯 조지의 큰 형은 동생이 선원이 되려는 것을 환영했다.

조지를 잘 알고 있는 이웃들은 조지같이 영리한 소년은 말단 선원으로 끝나는 게 아니라 얼마 후 선장이나 훌륭한 제독이 될 것이라 믿었다.

조지의 꿈은 오래지 않아 이루어졌다. 조지의 형들 중 한 명이 영국을 왕래하는 무역선의 지배인을 잘 알고 있었다. 형의 설명을 들은 지배인은 조지가 배에 승선할 수 있도록 허락했고 자신이 잘 지도해 훌륭한 선원으로 만들어줄 것을 약속했다.

그 말을 들은 조지의 어머니는 매우 슬퍼했다. 조지의 삼촌은 그녀에게 이런 편지를 보내왔다.

"절대로 조지를 바다로 보내면 안 됩니다. 일단 조지가 말단 선원으로 출발하게 되면 다른 일은 아무것도 할 수 없습니다. 선원의 일은 정신없이 바쁘고 위험천만한 일이라서 아무리 재능 있는 사람이라 할지라도 고기를 잡는 데에 한평생을 바치고 말 뿐입니다."

그럼에도 조지의 생각은 확고했다. 그 누구도 조지의 결심을 막을 수 없었다. 조지는 주위 사람들이 절대로 선원이 되어서는 안 된다는 말을 해도 전혀 아랑곳하지 않았다.

마침내 조지가 배에 승선하는 날이 다가왔다. 조지가 탈 배가 큰 강에서 기다리고 있었다. 배는 닻을 내리고 조지가 오기만을 기다리고 있었다. 조지의 옷가지가 담겨 있는 작은 가방들이 강기슭으로 옮겨졌다.

집을 떠나 바다로 향할 생각을 하고 있는 조지는 기쁨에 넘쳐 눈물이 넘실거리고 있었다. 그는 떠날 준비를 하면서 어머니를 바라보았다.

"안녕히 계세요, 사랑하는 어머니!"

조지는 집을 나서며 돌아보았다. 그가 본 것은 그 누구보다 자신을 사랑해주는 따스한 어머니의 모습이었다. 그 모습을 바라본 조지는 슬퍼지기 시작했다. 배에 오를 기쁨이 한순간에 사라져버렸다. 어머니가 눈물을 흘리며 한 손을 들어 보였다.

"잘 가라, 내 사랑하는 조지!"

그때 조지는 한없는 슬픔 속에서 울고 계신 어머니의 눈물을 보고 말았다. 조지는 어머니의 뺨으로 계속해서 흘러내리고 있는 눈물을 보았던 것이다. 어머니는 그때까지도 자신이 배에 타는 걸 바라지 않았던 것이다.

어머니의 슬픔을 다시 한 번 깨달은 조지는 가슴깊이 밀려오는 뭉클한 마음에 발걸음을 돌릴 수가 없었다. 그리고 한동안 뭔가를 생각하더니 재빨리 발걸음을 돌렸다.

"어머니, 제 결심을 바꾸기로 했어요. 저는 어머니의 뜻을 받들겠습니다. 어머니와 함께 살게요."

조지는 문밖에서 자신을 기다리고 있던 흑인 소년을 불렀다.

"탐, 어서 강가로 달려가 사람들에게 내 짐을 싣지 말라고 해. 그리고 선장님에게 나를 더 이상 기다리지 말라고 해. 갑자기 일이 생겨 그냥 집에 있어야 한다고 전해 드려. 정말 미안하다고 하면서 말이야."

세상 그 누가 조지 워싱턴에 관한 이 일화를 모르겠는가? 진정 그의 말이 들리고 있는 듯하다.

"첫 번째는 자유를 위한 전쟁이다. 그리고 먼저 평화가 보장되어야 한다. 먼저 이 나라 사람들이 근본적으로 무장을 해야 한다."

이렇게 말한 사람은 다름 아닌 조지 워싱턴 대통령이다.

그를 일컬어 사람들은 미국의 아버지라고 말한다.

당신은 의지의 주인이 되어라. 그리고 당신은 양심의 노예가 되어라.

— 유대인 속담

리처드 왕과 브론델

리처드 왕

리처드는 정말 용감한 왕이었다. 그는 역시 용감한 전사들로 이루어진, 거대한 군사력을 가지고 십자군 원정을 떠났다. 그들은 사라센 제국을 예수살렘 밖으로 쫓아내 성지를 수호했고 크리스천들이 안전하게 성지순례를 할 수 있도록 만들었다.

리처드 왕은 세상에 아무것도 두려운 것이 없었다.

그는 싸움을 즐기는 사람이었고 전장에 있을 때가 제일 행복했다. 전장에서 그의 거대한 도끼가 적의 머리를 강타할 때면 적들은 도망치기에 급급했다. 그의 이름만 들어도 사라센 사람들의 오금을 저리도록 했다.

전장에서는 용감하고 거친 그였지만 평상시에는 부드럽고 자상하기도 했다. 그럴 때 사람들은 그의 단점을 잊을 수 있었다.

예수살렘 성벽은 사라센 전사들의 빈틈없는 방어망으로 인해 리처드 왕의 군사들이 도저히 진입할 수가 없었다. 그리하여 그들은 성문 앞에 진을 치고 지원군을 기다리고 있었다. 그러던 어느 날 아침 사라센의 점잖은 대장 한 사람이 리처드 왕을 만나러 왔다.

왕은 캠프를 나와 그를 만났다. 그리고 저녁이 되자 리처드 왕은 예루살렘의 성 안으로 들어갈 수 있었다. 그들은 좁고 구불구불한 도로를 지나 성지에 도착할 수 있었다. 얼마 후 리처드는 사라센인과 자신의 군대를 성지에서 철수시킨다는 협정을 맺었다. 그것은 곧 3년 동안의 휴전을 의미하는 것이었다.

우연인지는 몰라도 3년 3개월 3일 3시간 동안은 싸우지 말자고 합의를 본 것이다.

리처드 왕과 전사들은 작은 배를 타고 고향으로 귀환을 하기로 했다.

첫날은 불어오는 미풍과 더불어 어려움 없이 평화로운 항해를 할 수 있었다. 그러나 며칠 후 바다에는 폭풍이 몰아쳤다. 파도는 산처럼 높게 치솟아 배를 덮치고 있었다. 작은 배는 이리저리 흔들릴 수밖에 없었고 곧 난파되어 이름 모를 해변으로 밀려들었다.

대부분의 사람들은 왕과 함께 물에 빠졌다. 리처드 왕은 살아남기 위해 있는 힘을 다해 뭍으로 헤엄을 쳐 나갔다. 바위에 부딪히고 바닷물로 인해 숨이 막혔다. 다행히 목숨은 건질 수 있었지만 거칠기 이를 데 없는 땅에 발을 딛고 말았다.

이제 홀로 된 리처드는 산 넘고 물 넘어 영국으로 돌아갈 수밖에 없었다. 그 무엇 하나 따뜻하게 예전처럼 말을 걸어주는 존재들은 없었다. 낯선 이국땅에서 그의 안전을 보장해주는 것은 아무것도 없었다. 의복은 찢길 대로 찢겨 넝마와 다름없었다. 지친 그는 터벅터벅 걸으며 사람의 그림자라도 만나기를 기대했다. 이윽고 그는 가난한 나무꾼이 살고 있는 집을 발견해 그곳에서 음식을 얻어먹고 숙박을 할 수 있었다. 그러나 그런 행운은 자주 있는 것이 아니었다. 그는 간밤을 은신처 하나 없이 보내는 경우가 많았다.

리처드는 이 낯선 땅이 어디인지 도저히 분간할 수 없었다. 그리고 자신의 고국인 영국에서 얼마만큼이나 떨어져 있는지도 알 수가 없었다. 그래도 그는 앞으로 나아갈 수밖에 없었다. 북서쪽으로 걸어 나가던 그는 다행히 꿈에도 그리던 고국이 가까워지는 기분을 느꼈다.

더욱더 앞으로 나아가자 거친 길이 끝나고 잘 정비된 길이 나타났다. 그 길을 따라 가다 보니 들과 집들이 보였다.

다음 날 리처드는 벽돌로 튼튼하게 벽을 쌓은, 근사해 보이는 성 하나를 발견하고

좀 더 성 쪽으로 다가가자 마을이 하나 나왔다.

"저 성은 누구 거지?"

리처드는 소를 몰고 가던 어린 소년에게 물었다. 소년은 우두커니 그를 바라보다 가 마지못해 입을 열었다.

"어디서 오셨어요? 저 성은 누구나 다 잘 알고 있는 오스트리아 백작

의 성이에요."

리처드는 소년을 따라 마을로 들어갔다. 그들은 몇몇의 기사들이 말을 타고 훈련을 하고 있는 곳을 통과했다. 기사들 중에는 백작도 끼어 있었다.

백작은 인상을 쓰며 소를 따라 터덜터덜 걸어오고 있는 리처드를 바라보았다.

"여보게 친구, 못 보던 친군데 왜 여길 왔지?"

백작이 리처드를 보며 물었다.

"저는 숲에서 나무를 자르는 인부입니다. 백작님을 위해 할 일이 없을까 해서 왔습니다. 저보다 더 도끼를 잘 쓰는 사람은 없을 테니까요."

"그게 사실인가?"

백작은 낯선 방문객을 날카롭게 노려보았다.

"네 말이 사실인지 아닌지 한번 확인해 봐야겠다. 여기 이십 파운드나 하는 영국의 쇠로 만들어진 도끼가 있다. 나는 네가 이걸 휘두르는 모습을 보고 싶다. 나무를 베는 것이 아닌 사라센 사람의 목을 베는 걸 말이야."

그 말을 들은 리처드는 이미 백작이 자신의 정체를 알고 있었다는 사실을 깨달았다. 오스트리아 백작은 성스러운 땅에서 수백 번 리처드의 모습을 보아왔었다.

"당신의 말이 맞습니다. 제가 왕이었을 때 이런 도끼를 자주 휘둘렀지요. 그렇다면 제가 다시 한 번 도끼를 휘둘러보기로 하지요."

"아스카론을 기억하고 있나?"

리처드가 대답했다.

"잘 알고 있지요. 제 기억에 의하면 그 벽을 세우고 있을 때 누구의 엉덩이를 걷어찬 적이 있다고 합니다. 일 안 하고 뺀질거리는 오스트리아 백작 놈을 말입니다."

"잘 알고 있구먼. 지금도 한번 차보시지, 재미 삼아 말이야."

그 말이 끝나자마자 주위에 있던 기사들이 소리쳤다.

"저놈을 잡아라! 손에 쇠줄을 묶고 다시는 태양을 볼 수 없게 가둬버려라. 다시는 말썽을 피우지 않도록."

리처드는 벽을 뒤로 하고 주위를 둘러보았지만 그의 손에는 아무것도 쥐어지지가 않았다. 도끼가 없었던 것이다. 또 주위에는 병사들이 너무도 많았다.

리처드는 그렇게 포로가 되었다. 백작의 성으로 끌려간 그는 성의 지하에 있는 음울한 토굴감옥에 수감되어 버렸다.

브론델

1년쯤 지났지만 영국 사람들은 그들의 왕에 대해서 그 어떤 소식도 듣지 못했다.

그들은 왕이 성지에서 집으로 출발했다는 것밖에는 알지 못했다. 리처드는 생사도 모르게 실종되었던 것이다.

하지만 풍문으로 들려오는 소문은 있었다. 배가 난파되어 리처드 왕이 죽다 살아났다는 것과 그런 왕을 누군가가 사로잡아 토굴에 가두었다는 것이었다. 하지만 그 풍문의 근원은 밖으로는 드러나지 않았다.

감옥에 갇혀 있는 리처드는 지나간 추억만을 간직하며 하루하루를 연명해가고 있었다. 추억은 인생의 말년에 가장 아름다운 색깔로 수를 놓는 법이다.

두 눈을 지그시 감은 리처드는 가장 행복한 시절이었던 과거로 흘러가고 있었다. 그 추억의 장소에는 네슬레 브론델이라는 음유시인이 있었다. 십자군원정을 떠나기 전 리처드는 브론델과 함께 가장 유쾌한 시간을 보냈었다.

브론델의 아름다운 노래 속에 잠겨 전율을 느끼다가 같이 노래를 부르기도 했었다. 그 젊은 음유시인은 정말 진귀한 목소리를 지니고 있었다. 누구라도 그의 노랫소리를 듣게 되면 당장 그의 팬이 되어버렸다. 영국이고 프랑스고 간에 그 누구도 그의 청아한 멜로디 같은 목소리를 능가할 사람은 없었다.

가끔씩 리처드와 브론델이 어깨를 두르고 합창을 할 때면 두 사람은 끈끈함으로 형제애보다 더 진한 우정의 정감을 느낄 수 있었다.

리처드가 브론델과의 나날을 그리듯 브론델 역시 행방불명된 왕의 걱정으로 잠을 이룰 수가 없었다. 그는 리처드 왕에 대한 소식만을 애타게 그리고 있었다. 또 나름대로 이곳저곳 돌아다니며 풍문의 근원지가 어디인지를 수소문해 보기도 했다.

텅 빈 왕의 궁전 안에서 브론델은 오로지 왕을 위해서만 노래를 부르겠다고 다짐을 했었다. 왕이 사라진 후 그는 어느 누구 앞에서도 노래를 부르지 않았다.

"분명 왕은 어느 낯선 나라의 감옥에 갇혀 있는 게 분명하다. 난 그를 구하리라. 내 친구를 구하리라, 목숨 걸고 구해내리라."

브론델은 한 손에 하프를 들고 왕을 찾으러 나섰다. 그의 여행은 유럽 전 지역이었다. 그 어떤 땅에 가서라도 그는 자신의 왕만을 생각하며 그를 찾는 데 전력을 기울였다. 그는 가는 곳마다 친구들을 만들었고 어디를 가든 환영을 받았다. 작은 오두막이나 큰 궁전에서나 그의 인기는 변함이 없었다. 그의 노래를 들은 사람들은 턱을 괴고 그 모습을 지켜보았다.

브론델이 떠날 때마다 사람들은 그의 팔을 잡고 늘어졌다.

"제발 조금만 더 머물다 가세요!"

어느 날 브론델은 큰 숲속 근처의 작은 여인숙에 머물게 되었다.

주위로 보이는 큰 성은 회색의 거대한 돌 벽으로 둘러싸여 있었다.

"저 성의 주인은 누구지요?"

브론델이 여인숙 주인에게 물었다.

"저 성은 오스트리아 백작의 성이지요. 백작은 지금 다른 좋은 곳에 가 있습니다. 그가 마지막으로 있던 게 작년 이맘때쯤인 것 같군요? 지금은 트리바블이라는 백작이 주인입니다."

여인숙 주인의 말을 들은 브론델은 성 안에 다른 죄수들은 없느냐고 물었다. 그런 질문은 가는 곳마다 그가 했던 말이었다.

"딱 한 명이 있습니다. 그는 지하 감옥에 갇혀 있지요. 저는 그를 알 수가 없습니다. 하지만 백작이 매일 그를 둘러보며 먹을 것을 직접 갖다 주는 걸 보면, 분명 큰 인물임에는 틀림없습니다."

그날 밤 브론델은 회색성벽을 바라보며 노래를 불렀다. 그의 노랫가락이 울려 퍼지자 모두들 그를 바라보며 환호성을 울렸다.

"저토록 아름다운 목소리를 지닌 사람이 있다니!"

"얼굴도 잘생겼네요."

모든 사람들은 브론델을 칭송하며 그의 멋진 외모와 점잖은 매너에 푹 빠져버렸다.

그들은 먼 여정 속에 있었던 그를 격려하며 푹 쉬다 가라고 매달렸다.

다음 날 아침 브론델은 큰 탑으로 오르는 길목에서 배회를 했다. 이윽고 지하 감옥으로 내려가는 벽 쪽에 작은 금이 가 있는 것을 발견했다. 자신이 직접 그곳으로 내려가지 않는 한 작은 구멍만이 왕과 교류할 수 있는 유일한 통로라는 것을 알 수 있었다.

그곳에 앉은 브론델은 하프를 연주하기 시작했다. 그가 부른 노래는 왕과 같이 불렀던 노래였다. 그 행복했던 시간들 속으로 그는 하프의 음률을 날리고 있었다. 브론델의 의도대로 선율은 지하 감옥 틈새로 스며들어 고독한 리처드의 누추한 침실까지 또렷하게 들리고 있었다.

당신의 아름다움이여, 숙녀의 정숙함처럼
모든 부분들이 신비스런 즐거움을 줍니다.
그럼에도 당신은 찬 공기에 갇혀
그들과 같은 강한 사랑을 하지 못합니다.
여기 당신을 기쁨으로 보기 위해 제가 여기에 섰습니다.

당신의 사랑은 제 사랑에 비하면 아무것도 아니랍니다.

첫 번째 노래가 리처드에게 들렸다. 노랫소리를 듣고 있던 그는 순간 몸을 일으키며 굳어지고 말았다. 믿을 수 없는 노랫가락이 들려오고 있었기 때문이었다. 브론델이 들려주는 노랫소리는 이미 암울한 토굴 속에 자신과 같이 갇혀버려 아직도 흐르고 있는 듯했다.

곧이어 신음소리 같은 리처드의 노랫소리가 토굴을 빠져나오고 있었다.

내 마음은 너무도 큰 상처를 받았다오.

만약 당신이 이 슬픔을 같이 나누고 싶다면

사방으로 미소를 흘려주세요.

마지못해 흘리더라도

그런 미소를 받는 순간, 난 증오를 삭이며

당신의 행복만을 빌며

그대를 위해

다른 사랑을 찾아 나를 바치리.

이 소리를 들은 브론델은 자리를 박차고 일어났다. 왕이 토굴감옥에 수감되어 있는 것이 분명했다. 그의 눈가로 눈물이 흐르며 기쁨의 환희가 엄습해왔다.

"오, 리처드! 나의 왕이시여."

감격에 겨운 브론델의 눈물은 그치지 않았다. 그는 왕에게 하루빨리 자유를 주기 위해 급하게 자리를 빠져나왔다.

브론델은 독일의 왕을 만나고 나서 곧바로 프랑스로 건너갔다. 프랑스 왕까지 만나본 그는 다시 영국의 왕실로 돌아와 리처드 왕이 오스트리아 백작에게 잡혀 포로생활을 하고 있다고 전했다.

프랑스 왕은 리처드 왕의 소식을 듣고 무척 기뻐했다. 리처드는 프랑스의 적이기 때문이었다. 그러나 독일은 관대한 태도를 지니고 있었다. 정당한 독일의 기사들은 훌륭한 장수인 리처드 왕을 그렇게 푸대접하는 것은 부끄러운 일이라고 했다.

프랑스 왕은 리처드를 고소한 상태였다. 두 번의 십자군원정 때 독약을 지니고 있었다는 누명을 씌운 것이다. 그리하여 리처드를 지하 감옥에서 건져낸 다음 독일의 최고법정에서 그때의 상황을 변호하고 설명하라는 판결을 내렸다. 이런 식으로 프랑스 왕은 골치 아픈 리처드를 제거하려고 했다.

법정에 선 리처드는 자신의 입장을 자세히 설명해 그곳에 있던 사람들의 심금을 울렸다. 그는 오랜 수감생활 때문에 야위었고 창백해져 있었다. 그는 어떻게 오스트리아 백작이 자신을 학대했는지를 밝혔다. 또 어떻게 프랑스 왕이 자신을 죽일 음모를 꾸몄는지도 밝혔다. 또한 자신이 용감히 싸웠던 십자군전쟁에서 죽을 듯 소리치던 적들의 함성을 들려주었다.

"신이여, 우리를 도우소서!"

이런 소리를 몇 번이고 들려주었다. 법정에 있던 사람들은 리처드 왕의 전설을 알고 있었기에 그가 얼마나 큰 활약을 했는지를 실감할 수 있었다. 결국 고등법정에서는 리처드 왕의 그 어떤 잘못도 선언할 수가 없어 그를 보석으로 풀어주었다.

리처드는 석방되는 대신 왕실에 큰 몸값을 지불하게 되었다. 그 몸값은 브론델과 리처드 왕의 어머니인 엘네노의 몫이었다.

엘레노는 물질적 대가인 보석금을 독일의 왕실에 직접 현찰로 주었지만, 브론델은 목소리로 대신했다. 그의 하프 소리와 청아한 목소리는 독일 법정이 원하는 지불금보다 값진 것이었다.

그들은 자신들이 가진 최고의 보물을 주었다. 그들이 가진, 움직이는 최고의 가치를 선사했던 것이다.

이리하여 사자의 용맹을 지닌 리처드 왕은 영원히 자유를 누릴 수가 있게 되었다.

영국에서 리처드가 돌아오기를 학수고대하며 최고로 환영해준 사람은 바로 브론델이었다.

today's best word

친구란 무엇인가? 두 사람의 신체에 사는 하나의 영혼이다.

— 아리스토텔레스

소년과 늑대

프랑스에 라피아테라는 유명한 사람이 살고 있었다. 그가 어렸을 적에 어머니는 그를 길버트라 불렀다. 마퀴스 디 라피아테의 아버지를 비롯해 집안 어른들은 대대로 용감한 사람들이었고 길버트에게도 그러한 피가 흐르고 있었다.

어린 길버트는 조상들의 용기에 매우 자부심을 지니고 있었다. 그리하여 그는 자신이 어른이 되면 꼭 훌륭한 조상들처럼 집안을 빛내리라 다짐했다.

그의 집은 깊은 산골에서 그리 떨어지지 않은 곳이었다.

길버트가 어린 소년이었을 때 가끔 어머니와 산길을 걷고는 했었다. 그렇게 산보를 나갈 때마다 어린 길버트는 어머니에게 이렇게 말했다.

"엄마, 산길을 걷는다고 무서워하지 마세요. 엄마 곁에는 제가 있잖아요. 그 무엇도 엄마에게 해를 입히지 못할 거예요."

그 말을 들은 어머니는 어린 길버트의 머리를 쓰다듬어 주며 미소를 지었다.

"그래, 네가 곁에 있으니까 이 엄마는 너무도 든든하단다."

어느 날 숲 속에서 사나운 늑대 한 마리가 출현했다는 소리가 들렸다. 그 늑대는 덩치가 매우 컸으며 농장에 침입해 양을 한 입에 물어 죽였다고 했다. 그 말을 들은 길버트는 속으로 생각했다.

'늑대는 무서운 동물이야. 만일 내가 그 늑대와 마주친다면 어떻게 해야 할까?'

이때 길버트의 나이는 겨우 일곱 살밖에 되지 않았고 그때 마침 길버트의 어머니가 때마침 산보를 나가자고 했다.

"길버트, 엄마와 산책하러 가지 않으런?"

그 말을 들은 길버트는 사양하지 않았다.

"그래요, 엄마. 만일 우리가 숲 속에서 늑대를 만난다 해도 두려워하지 마세요. 제가 있잖아요."

그 말을 들은 어머니가 미소를 지었다. 산책하는 길이 그리 깊은 숲이 아니어서 길버트의 어머니는 전혀 위험성이 없다고 생각했다.

길버트 어머니의 생각대로 모자가 산책을 나간 곳은 산그늘이 가볍게 드리워진, 집에서 그리 멀지 않은 곳이었다.

길버트 어머니는 나무 그늘에 앉아 며칠 전에 구입한 새 책을 읽고 있었다. 그 곁 잔디에서 길버트는 혼자 놀았다.

햇살이 따사롭게 피어오르고 있었다. 작은 새들은 평화롭게 지저귀고, 벌들은 꿀을 찾아 꽃들 위를 윙윙거리며 날고 있었다. 혼자서 놀고 있던 길버트가 어머니를 바라보았다. 어머니는 정신없이 책 속에 빠져 있는 모습이었다.

"만일 지금 늑대가 나타난다면?"

길버트는 주위를 둘러보았다. 갑자기 그의 걸음이 빨라졌다. 하지만 매우 조심스런 발걸음이었다. 길버트는 산그늘을 따라 조심스레 내려가고 있었다. 길버트는 긴장하며 주위를 둘러보았다. 그러나 보이는 건 조심성 있는 다람쥐와 작은 짐승들뿐이었다. 저쪽에서는 제법 큰 토끼들이 달아나고 있었다.

앞으로 나아가던 길버트는 곧 깊게 우거진 숲 속으로 들어서고 말았다. 우거진 관목림 숲은 길이 나 있는 끝 쪽으로 바로 연결되어 있었다.

길버트는 앞을 가로막는 수풀을 헤치며 조금씩 앞으로 나아갔다. 잠시 후 길버트는 숲의 개활지에서 어둡고 깊게 드리워진 그늘을 바라보았다.

'분명 이곳에 늑대가 있는 게 분명해.'

길버트는 여린 주먹을 쥐며 비장한 각오를 했다. 곧 이어 어떤 동물의 발소리가 들려왔다. 그 뭔가가 길버트가 있는 숲 속으로 다가오고 있었다. 그 짐승이 바로 길버트 앞쪽으로 멈춰서는 순간이었다.

'이건 분명 늑대야! 내가 장담할 수 있어! 놈은 나를 못 보았지만 나는 놈의 바로 앞에 있는 거야. 내가 점프를 해서 놈에게 달려들어 목을 죄면 녀석은 그만 숨이 넘어가겠지!'

이런 생각을 하고 있는 사이 그의 앞으로 그 짐승이 더욱 가까이 다가

왔다.

길버트는 확실하게 짐승의 발걸음 소리를 들었다. 길버트는 깊은 숨을 몰아쉬었다. 어린 길버트였지만 기회를 잡기 위해 매우 침착하게 때를 기다리고 있었다.

'놈은 분명 나를 물려고 할 거야. 아마도 놈이 휘두르는 날카로운 발톱에 난 상처를 입겠지. 하지만 나는 용감한 사내야. 아무리 아파도 난 울지 않을 거야. 나는 내 강한 팔 힘을 놈에게 보여주겠어. 나는 당당히 놈을 잡아 매달고 숲으로 나가 엄마에게 자랑할 거야!"

그 짐승은 더욱더 다가와 길버트의 코앞에 서 있는 것 같았다. 길버트는 바로 앞 짐승의 그림자를 훔쳐보며 한 다발이 된 듯 뭉쳐 있는 앞 숲을 손으로 헤쳐 냈다. 점점 숨이 가빠졌다. 길버트는 그렇게 백 미터를 뛰는 자세를 취하며 달려들 준비를 했다.

'엄마의 자랑스러운 아들임을 보여주고 말 테다!'

분명 거기에는 늑대가 있었다.

길버트가 본 것은 거친 털을 지닌, 머리에 둥근 눈을 가진 늑대였던 것이다. 길버트는 자리를 박차며 뛰어들어 그 짐승의 둥근 목을 잡았다. 하지만 그 짐승은 길버트를 물거나 상처 내지 않았다. 더군다나 으르렁거리지도 않았다. 그 짐승은 길버트가 달려들자 재빨리 껑충 뛰면서 길버트를 땅에다 떨어뜨렸다. 용감한 길버트는 그만 땅바닥에 떨어지고 말았다. 그 짐승은 얼른 숲 속 빈 공간으로 나가더니 물끄러미 큰 눈으로 길버트를 응시했다.

그 모습을 보면서 길버트는 발걸음을 옮겼다. 길버트는 전혀 해를 입지 않았다.

과연 길버트가 만난 동물은 무엇일까? 그것은 절대로 늑대가 아니었다. 그 짐승은 숲에 방목되어 있던 살찐 암송아지였다.

길버트는 늑대를 놓친 것을 안타까워하며 부끄러워했다. 길버트는 얼른 숲길로 빠져나와 어머니에게 달려갔다. 길버트의 눈에 눈물이 고여 있었다. 하지만 길버트는 자랑스러워했다. 그 자체가 바로 자신의 용기였던 것이다.

길버트를 찾던 어머니가 자신의 아들을 얼른 껴안았다.

"길버트, 어디 갔었니? 엄마가 널 얼마나 찾았는데!"

길버트는 어머니에게 그간 겪었던 사실들을 말해주었다. 길버트의 입술은 떨려왔고 그만 울음을 터뜨리고 말았다. 어머니가 아들의 등을 두드리며 이렇게 말했다.

"길버트, 엄마의 말을 명심해라. 너는 정말 용감한 소년이란다. 네가 만난 것은 송아지였지만 그건 네게는 늑대였단다. 정말 다행히도 그곳에는 늑대가 없었단다. 하지만 너는 정말 큰 위험에 처했었다. 너는 분명 그렇게 알고 있으면서도 그렇게 행동을 했으니 결국 늑대를 잡은 거나 마찬가지란다. 엄마는 그렇게 알고 자랑스럽게 생각하고 있단다. 그러니 이제는 안심해라. 너는 나의 자랑스러운 영웅이란다. 아빠와 할아버지 못지않게 말이다."

길버트는 미국 사람들이 자신들의 자유를 위해 영국과 싸우고 있을 때 마퀴스 라파아테라는 이름으로 기꺼이 병사들과 돈을 지원해주었다.

그는 워싱턴 장군의 친구였다. 라피아테란 이름은 미국의 영원한, 자유의 여신상처럼 용감함과 고귀함의 상징으로 세상이 끝날 때까지 기억될 것이다.

today's best word

소심하고 용기가 없는 사람은 일체의 일이 불가능하다. 왜냐하면 일체가 불가능하게 보이기 때문이다.

— 스코트

카우보이 음유시인

영국에 한 유명한 수도원이 있었다. 화이트 비라는 그곳은 바닷가와 매우 가까워 그곳에 있는 사람들은 사계절 어느 때든 파도소리를 들을 수가 있었다. 그러나 그곳의 땅은 매우 거칠고 황량해 경작할 수 있는 면적은 얼마 되지 않았다.

옛날에는 그 땅의 절반을 수도원이 차지했었고 절반은 평범한 사람들이 살았던 성이었다. 그곳에는 양심적인 사람, 겁 많은 사람, 전쟁 중에 피난처를 찾던, 도움이 필요한 사람 등 각양각색의 사람들이 모여 생활하고 있었다.

그곳 사람들은 온 나라가 평화로 가득해지기를 마음속으로 기도하고 있었다.

어느 추운 겨울 밤, 수도원을 돌보던 사람들이 한 자리에 모여들었다. 그들은 난롯가에 둘러앉아 서로의 온기로 추위를 이겨내고 있었다.

밖에는 사나운 바람이 불고 그 소리는 더욱 추위를 부추겼다.

심한 바람에 의해 수도원의 낡은 문고리들과 나무들이 부딪쳐 호루라기 소리처럼 날카롭게 울려 퍼졌다. 그래도 그들은 난롯가에 모여 심한 폭풍우 속에서도 자신들에게 따스함을 선사하는 하느님께 감사했다.

그때 나무꾼의 우두머리가 마른 장작을 불 속으로 집어던지며 한마디 했다.

"이보게들, 심심하지 않나? 누가 노래 좀 부르지 그래?"

그러자 나무꾼들이 신이 나서 말을 주고받았다.

"좋지요! 누가 먼저 부를까? 이 추위를 따사로이 녹일 수 있는 노래 말이야. 우리, 오늘 노래로 화끈하게 이 추위를 이겨보자고, 어때?"

요리사가 말했다.

"좋아, 모두들 돌아가면서 한 곡조씩 부르는 거야. 우리는 아마도 잠자리에 들 때까지 멋진 시간을 보내게 될 거야."

"좋아요, 찬성입니다!"

"모두들 한 곡조씩 불러 봅시다. 어때요? 요리사가 먼저 시작하는 것이?"

나무꾼의 우두머리가 불꽃을 휘젓자 불꽃과 연기가 지붕 위로 치솟았다. 그러자 요리사가 노래를 부르기 시작했다. 그의 노래는 전쟁에 관한 노래여서 거칠고 용감한 내용의 가사였다. 내용 중에는 사랑과 슬픔에 관한 것도 들어 있었다. 그가 노래를 마치자 순서를 기다리던 다른 사람들도 하나둘씩 자신들의 애창곡을 불렀다. 가사마다 자신들의 직업 속에 깃들인 애환을 담고 있었다.

나무꾼은 깊은 숲 속의 고적함을, 밭을 가는 농부는 들판에 관한 가사를, 양치기들은 자신들이 키우는 양에 대해 노래를 불렀다. 그렇게 사람들은 노래와 흥취 속에 빠져 추위를 이겨내고 있었다.

그런데 한구석에 몸을 비켜 서 있는 사내가 있었다. 그는 카드몬이라는 숫기 없는 사내였다. 그는 걱정이 태산이었다.

'내 차례가 오면 대체 뭘 해야 하나? 곧이어 내 차례가 될 텐데……. 나는 아는 노래도 없을 뿐더러 음치라서 도저히 노래를 부를 수 없을 것 같아. 어떻게 하면 좋을까?'

그는 머뭇거리며 자신의 순서가 지나쳐가기를 마음속으로 기도하고 있었다.

마침내 대장장이 순서가 되었다. 그다음에는 어김없이 카드몬의 차례였다.

제 차례가 되자 대장장이는 벌떡 일어나 앞으로 걸어 나갔다. 그가 좁은 공간을 지나 노래를 부르기 위해 다가가자, 카드몬은 뒤로 몸을 빼며 노래 가사를 읊조리듯 중얼거렸다.

"점잖은 소들은 나에게 노래를 강요하지 않는다네!"

그 가여운 사내는 대장장이가 노래하는 곳을 벗어나 소들이 잠자는 한 귀퉁이에 짚으로 몸을 덮고 누웠다. 사내들의 노랫소리는 계속 이어졌고 외치며 웃는 소리가 끊이지 않았다. 분위기는 사뭇 포근하게 무르익고 있었다.

이제 마지막 순서가 되었다. 사회자가 순서를 기다리고 있을 마지막 사람을 찾았다.

"다음에는 누구지?"

"소몰이를 하고 있는 카드몬입니다."

요리사가 사회자의 말을 받았다.

"그래? 카드몬! 이제 당신 차례야. 그런데 카드몬은 어디 있는 거야?"

사회자가 그를 찾자 모든 사람이 사방을 두리번거리며 카드몬을 찾았다.

"카드몬, 노래를 불러야지, 어디 있는 거야?"

그제야 사람들은 그의 자리가 비어 있다는 사실을 알 수 있었다.

"대체 어디서 뭘 하는 거야? 어서 나오지 못해?"

대장장이가 소리치자 다른 사람들이 말했다.

"그는 노래에 두려움을 느껴 이곳을 빠져나간 것 같습니다."

사람들이 찾고 있는 카드몬은 이미 깊은 잠의 세계로 빠져들었다. 그는 따뜻한 짚으로 감싸인 채 잠에 빠져버린 것이다. 이제 노래의 향연은 막을 내렸고, 사람들은 각자 뿔뿔이 흩어져 자신들의 거처로 돌아가 곯아떨어졌다.

그때 카드몬은 달콤한 꿈을 꾸고 있었다. 그는 아름다운 불빛 속에 둘러싸여 있다는 생각이 들었다. 순간 그 불빛 속에서 아름다운 얼굴 하나가 자신을 내려다보고 있었다. 동시에 부드러운 목소리가 들렸다.

"카드몬, 나를 위해 노래를 불러주오."

카드몬은 아무 대답도 할 수가 없었다. 그러자 다시 목소리가 들려왔다.

"카드몬, 무슨 노래든 불러주오."

"오, 하지만 저는 어떤 노래도 부를 수가 없습니다. 저는 그 어떤 노래도 알지 못합니다. 제 목소리는 거칠 뿐만 아니라 음치라서 도저히 부를 수가 없습니다. 그런 이유로 저는 제 동료들을 벗어나 이렇게 도망친 것입니다."

"그러나 당신은 노래를 불러야 합니다. 반드시 노래를 불러야 하고말고요."

"그럼 대체 어떻게 노래를 부르라는 것이지요?"

"노래란 창작입니다. 자신만의 방법이 있지요."

아름다운 얼굴의 여인이 말했다.

이윽고 카드몬은 소들과 단 하나의 손님만을 놓고 무슨 노래인가를 부르게 되었다. 그의 노랫가락은 평범한 내용이 아니었다. 음의 높낮이도 없었다. 다만 그는 세상이 어떻게 만들어졌으며, 달과 해가 어떻게 뜨고 지는지를, 또 어떻게 땅과 바다가 움직이는지, 그리고 새들과 짐승들이 어떻게 살아가는가에 대해 나름대로 철학적인 의미를 달아가며 읊조리고 있었다. 그의 노랫소리는 새벽이 될 때까지 이어졌다.

그때 마구간 소년들과 양치기들이 일어나 제 할일을 하기 위해 나왔다가 그의 노랫소리를 듣게 되었다. 그들은 카드몬의 기묘한 노랫말에 얼어붙은 듯 발걸음을 멈추고 말았다. 마침내 그곳으로 들어서던 모든 일꾼들이 그의 노랫소리를 듣게 되었다.

얼마 지나지 않아 한 사람이 달려가 수도원장에게 보고를 했고 급기야 그들마저 달려오게 되었다.

"마구간에서 들려오는 저 소리는 대체 무엇이란 말인가? 도대체 사람의 소리인가 아니면 천상의 소리란 말인가?"

수도원장이 말했다.

이제 카드몬은 큰 홀 앞에 있는 수도원장실로 불려갔다. 그를 둘러싼 수녀들 앞에서 카드몬은 자신만의 창작품인 노래실력으로, 아름다운 곡조를 붙여 다시 한 번 가사를 읊조렸다. 그 소리를 들은 모든 수녀들이 감탄하고 말았다.

"놀랍군요! 이건 정말 달콤하고 아름다운 시예요. 무척 사실적이고요. 또 얼마나 아름다운지요. 이렇듯 놀라운 가사를 쓸 수 있는 시인은 세상 그 어디에도 없을 거예요."

수도원장은 카드몬을 서기로 임명하게 되었다.

학자들은 그에게 음유시를 짓게 했고 말로 전해진 그것들은 다시 그의 입술을 통해 나오게 되었다. 이처럼 그는 음유시인이 되어버린 것이다.

영국에서 첫 번째의 음유시인이 탄생하는 순간이었다. 카드몬이라는 수도원의 가난한 소몰이가 영국의 위대한 첫 음유시인으로 탄생한 것이다.

today's best word

시란 강력한 감정이 자연스럽게 흐르는 것이다. 그것은 고요한 가운데 회상되는 감정에서부터 솟아난다.

— 윌리엄 워즈워스

잃어버린 왕국

한 대장장이가 말에게 입힐 편자를 만들고 있었다.

"빨리 서둘러라. 폐하께서 그 말을 타고 전장으로 나가실 것이다."

궁내관이 윽박질렀다.

"내관님, 언제 전쟁이 벌어집니까?"

대장장이가 독촉하는 궁내관에게 물었다.

"네가 알 것 없다. 하지만 확실해! 곧 전쟁이 일어날 것은 불을 보듯 뻔하니까 말이야. 비록 적들도 예전과 달리 장비가 좋아졌지만 우리도 싸울 장비가 충분하다. 이 전쟁에서 리처드 대왕이든 헨리든 영국의 왕이 갈려지게 될 거다."

그 말을 들은 대장장이는 다시 작업장으로 갔다. 그는 쇠 말굽 여섯 쌍의 주물을 떴다. 큰 망치로 말의 발굽에 맞게 두드려나갔다.

말발굽에 맞는 주물을 떠가던 대장장이는 세 쌍은 괜찮았지만 나머지 세 쌍이 마음에 들지 않았다. 그리하여 궁내관에게 사정을 이야기했다.

"제게는 여섯 쌍의 말발굽 주물밖에는 없습니다. 아무리 봐도 충분한 것 같지가 않으니 조금 더 기다리시면 예비 말굽으로 한 열 쌍쯤 더 만들어 드리지요."

그 말을 들은 궁내관이 말했다.

"괜찮아, 여섯 쌍까지 필요치도 않으니까. 세 쌍만 있으면 충분해. 여기서 당장 트럼펫을 불어야겠다. 폐하께서는 참을성이 없으시니까."

"세 말굽은 여기 있습니다. 잘 아시겠지만 말발굽은 자주 벗겨집니다. 심한 전투에서는 더 많이 필요하게 되지요. 제 생각으로는 그것 가지고는 무리인 듯싶습니다."

그러나 말발굽을 받아든 궁내관은 서둘러 말을 타고 왕에게 달려갔다.

전투가 시작되었다. 이번 전투도 여느 전투 못지않게 치열했다. 리처드 왕은 전장을 누비며, 적들과 싸우고 있는 자신의 병사들을 격려했다. 그의 적인 헨리는 제왕이 되려는 사람이었다. 그는 리처드 왕을 심하게 압박해오고 있었던 것이다.

리처드 왕은 저 멀리 전장의 끝자락에서 싸우고 있던 자신의 병사들이 말에서 떨어지는 장면을 보게 되었다. 만일 자신의 도움이 없다면 그 병사들은 분명 도륙될 것이 분명했다.

리처드 왕은 말을 돌려 그들에게로 달려갔다. 그가 급하게 전장을 가로질러 자갈이 득실대는 벌판을 중간쯤 통과했을 때 그만 말굽이 벗겨지고 말았다. 발굽을 잃어버린 말은 그만 절름발이가 되고 말았다. 그때 다시 또 하나의 말굽이 떨어져나갔다. 말은 비틀거렸고 그 위에 타고 있던 주인도 그만 땅바닥 위로 굴러 떨어질 수밖에 없었다.

그러자 리처드 왕은 예전처럼 말안장 위로 오를 수가 없었다. 공포에 질린 말은 절름발이가 되어 그대로 몸을 돌려 달아나버렸다. 왕이 주위를 둘러보자 자신이 도우러 왔던 병사들이 모든 적들의 창검에 찢겨지고 있었다. 전장 그 어디를 둘러봐도 자신을 에워싼 적들밖에 보이지 않았다. 왕은 당황하여 칼을 휘두르며 말을 불렀다.

"내 애마여, 너를 위해 내 왕국을 주마!"

그러나 그를 위한 말은 이미 보이지 않았다. 그의 병사들 역시 오로지 자신들의 목숨을 부지하기 위해 혈안이 되어 있을 뿐이었다. 그 누구도 리처드 왕을 도우러 오는 병사들은 없었다.

그렇게 전쟁은 끝이 났고, 리처드 왕은 모든 것을 잃었던 것이다. 그리고 헨리가 영국의 왕이 되었다.

그렇게 말발굽을 원했건만 말은 도망가 버리고,
그렇게 말을 찾으려 했건만 전쟁은 끝이 나버렸다.
끝나버린 전쟁터에는 잃어버린 내 왕국밖에 없었다.
그곳에서 내가 끝까지 찾고 있었던 건 바로 말발굽뿐이었다.

리처드 3세는 영국 왕실의 역사 속에서 가장 못된 왕이었다. 그리하여 리치몬드의 헨리 백작은 그에게 반기를 들고 이 위대한 전투에서 리처드 왕을 몰아낼 수 있었던 것이다.

페달 보트의 탄생

지금부터 백 년쯤 전보다 조금 더 오래전에 두 소년이 작은 강에서 낚시를 하고 있었다. 소년들은 무거운 보트 바닥에 앉아 구부러진 갈고리 모양의 낚싯대를 들고 미끼를 낚아챌 큰 물고기들을 기대했다.

"제발 물어다오, 고기들아."

그러나 큰 물고기들은 소년들을 놀리기라도 하듯 입질조차 없었다.

소년들은 지루하기 짝이 없었다.

"왜 전혀 입질조차 하지 않는 걸까?"

그래도 소년들은 포기하지 않고 자리를 지켰다. 한참을 지나도 아무런 소식이 없자 그만 지쳐버린 소년들은 장소를 옮기려 했다.

"자리를 옮길까? 여긴 절대로 포인트가 아니야."

소년들은 다른 곳으로 가기 위해 보트를 움직이려 했다. 소년들은 긴 막대기로 보트를 힘겹게 밀었지만 수심이 깊지 않아 좀처럼 앞으로 나아가지 않았다.

"로버트, 너무 힘쓰지 마라, 이런다고 될 일이 아닌 것 같아."

한 소년이 다른 소년을 부추겼다.

"맞아, 크리스토퍼. 에이, 이 낡은 보트는 아주 엉망이야. 이렇게 꾸물거리는 걸 보니 꼭 기어가는 것 같아! 할 수 없지, 끌고 갈 수밖에. 정말 괜히 낚시를 온 것 같아."

"맞아, 하지만 난 이렇게 끌고 가는 것보다는 다른 방법을 쓰는 게 좋을 것 같아."

"그러지 말고 우리, 노를 젓는 게 어때?"

"하지만 우리에게 노가 있어야지?"

"좋아, 내가 기가 막힌 노를 하나 만들어볼게! 내가 만들 노는 정말 획기적인 것이 될 거야. 그 누구도 사용해본 적이 없는 나만의 발명품이니까 말이야!"

다음 날 로버트의 숙모는 헛간에서 나는 시끄러운 소리를 들었다. 귀를 막고 그곳으로 다가간 그녀는 두 소년이 몰두해서 뭔가 만들고 있는 것을 보았다. 소년들은 해머와 망치를 들고 힘겨운 일을 하고 있었다.

숙모가 소년들에게 물었다.

"얘들아, 뭘 만들고 있는 거니?"

"예, 숙모님, 대단한 걸 만들고 있지요. 새로운 노를 만들 생각이에요. 듣도 보도 못한 그런 것을요."

로버트가 신나는 표정으로 말했다. 그 모습을 본 숙모는 그만 웃음을 터뜨리고 말았다.

"애야, 제발 네 작품이 완성되길 바란단다. 죽이 되던 밥이 되던 말이다."

"결코 그렇게는 안 될 걸요? 저를 믿어보세요."

그렇게 작품을 만들기 위해 사투를 벌이던 소년들이 드디어 뭔가를 해냈다는 만족스런 표정을 지었다. 그것은 두 개의 바퀴가 달린 페달이었다.

소년들이 만든 것은 매우 거칠고 무뎌 보였지만 그래도 제 기능은 발휘할 것 같은 분위기였다.

소년들은 만들어진 바퀴 페달을 들고 나가 보트에 장착했다. 두 개의 바퀴를 보트 중앙의 구멍에 맞춘 쇠막대기를 통해 보트 밖에 고정시켰다. 그것은 마치 바람개비처럼 돌아갈 것 같았다.

소년들은 나름대로 간단한 기계장치를 덧대 보트 양쪽바퀴를 장착할 수 있었던 것이다.

소년들은 그 보트를 이끌고 물가로 갔고 신기하게도 그 바퀴를 단 낡은 보트는 물살을 가로지르며 앞으로 나아갔다. 소년들은 시간이 없다는 듯 계속 페달을 밟고 있었다.

"봐, 순조롭게 보트가 나아가잖아?"

"그래, 그렇기는 한데 문제는 어떻게 보트를 조종하느냐는 거지?"

"그 점에 대해서도 생각을 해봤지."

발명가가 된 로버트가 말했다. 그는 방향키같이 생긴 물건을 낡은 보트에 고정시켰다. 한 소년은 페달을 밟고 한 소년은 그 방향키를 움직여

진행방향을 바꾸었다. 그러자 낡은 보트는 그들이 원하는 대로 순조롭게 나아갔다.

"봐, 이 방법이 노를 젓는 것보다 훨씬 더 낫지 않아?"

"그럼, 노를 젓는 것보다 훨씬 낫지. 봐! 얼마나 빨리 보트가 가는지 말이야."

그날 밤 집으로 돌아온 크리스토퍼는 낮에 있었던 일들을 식구들에게 말했다.

"로버트가 발명해낸 걸 제가 도와서 만들었지요. 그를 도와 바퀴가 달린 페달을 만들어 보트에 장착한 것은 바로 저예요!"

그 소리를 들은 크리스토퍼의 아버지가 반색하며 말했다.

"거참, 신기하구나? 그런데 왜 사람들이 아직까지 그 생각을 못 했는지 알 수가 없네? 하긴 그 누가 보트 안에서 노나 저을 생각을 했지 그런 생각을 할 수 있었겠어? 나도 보트에 앉으면 당연히 노를 젓는 걸로 알고 있으니까 말이야."

"아버지, 정말 저는 멋진 일을 해낸 거예요. 저는 그 일을 가능하다고 봤고, 로버트는 그걸 제대로 해낸 것이지요."

이제 로버트는 성인이 되었고 친구와 만든 그 보트를 기억하고 있었다. 마침내 로버트는 수많은 시행착오 끝에 새로운 물건을 탄생시켰고, 그것은 바로 우리가 오늘날 증기선이라 부르는 것이었다. 정말 대단한 발명품이 아닐 수 없었다.

그의 이러한 발명의 원천은 바로 창작의 열정 때문이었다. 수많은 좌절에도 굽히지 않고 혼신을 바쳤기에 위대한 발명품이 탄생할 수 있었던 것이다.

　사람들은 위대한 발명가들을 마치 우연찮게 행운을 거머쥔 행운아 정
도로 생각하고 있지만 이는 그들을 모욕하는 것이다. 그들은 결코 우연을
믿지 않는다. 다만 행운이란 노력 속에 숨어 있는 또 다른 창작이란 것을
믿고 있을 뿐이다.

이런 일은 도저히 불가능하다고 생각하고 시작하는 것은 그것을 자기 자신이
불가능하게 만드는 수단이다.

― 워너 메이커

인쇄술의 역사

1. 로렌 젠센

약 500년 전의 일이었다. 한여름 밤에 한 여행객이 네덜란드의 하렘에 도착했다. 사람들은 그에게 낯선 모습을 발견했는지 터벅터벅 도시 중앙으로 걷고 있는 그를 의심스럽게 바라보았다.

그들은 이상한 차림의 사람이 어떤 이유로 이 도시로 왔는지 의아해했다. 그 당시만 해도 낯선 사람이 도시로 오게 되면 사람들은 이상한 눈초리로 바라보는 경우가 많았다. 좌우간 하렘에서는 그런 사람을 보기가 쉽지 않았다.

사람들은 그를 보면서 수군거렸다. 그의 남루한 옷차림을 보면 분명어느 집 하인이 아니면 거지임이 틀림없었다.

그는 어깨에 배낭을 걸치고 있었다. 먼지를 뒤집어 쓴 그는 그냥 어디론가 향하고 있을 뿐이었다. 그는 시장 입구에 있는 한 작은 여인숙 앞에서 걸음을 멈췄다. 그리고 주인에게 숙박이 되는지를 물었다. 주인은 반갑게 그를 맞이하면서 들어오라고 했다. 주인은 젊은 사람이었으며 행동이 민첩했고 두 눈이 총명하게 빛났다. 그는 아마도 그에게 최고의 방을 준비해 주려고 하는 것 같았다. 이방인이 주인에게 자신의 신상을 밝혔다.

"안녕하십니까, 주인장! 제 이름은 구텐베르크라고 합니다. 고향은 마엔스이지요."

"아하, 마엔스요? 어떻게 이곳, 할렘까지 오셨습니까?"

젊은 주인이 반갑게 말을 받아주었다.

"저는 그냥 여행객이지요."

구텐베르크가 대답했다.

"여행객이시군요. 그런데 무슨 이유로 여행을 하시는지요?"

"그냥 세상을 배우기 위해 여행을 하는 겁니다. 저는 세상을 보면서 배우는 걸 즐기니까요. 저는 제노바서에서부터 베니스, 그리고 로마까지 여행을 했었습니다."

"아, 그렇게 먼 데까지 여행을 하셨군요. 분명 손님은 많은 것을 아실 테지요."

"좀 그런 편이지요. 저는 도보여행으로 스위스와 독일, 그리고 지금은 프랑스로 가려고 합니다."

"정말 멋지군요!"

젊은 주인이 환한 웃음을 지으며 말했다.

"그러시다면 제가 음식을 만들 동안 손님께서는 지금까지 여행하셨던 장소 중 제일로 기억에 남는, 멋진 곳을 알려주시지요?"

"음, 멋진 곳이라고요? 좋아요. 기억에 남는 건 높은 산을 정복했을 때와 태양을 보았을 때였지요. 저는 야생동물도 보았고 유명 인사들도 만났지요. 비록 대화는 못 했지만 말입니다. 그러나 제가 어디를 가서 무엇을 보든 이상하게 느끼게 되는 것은 바로 현지인들의 무지이지요. 왜 그들은 자신이 살고 있는 성이나 마을에 대해 무관심한지 모르겠어요. 확실히도 알지 못하고요. 그들은 자신이 살고 있는 나라에 대해서 전혀 아무것도 모르고 살고 있다는 것이지요. 그런 그들이 다른 나라에 대해서는 타인들로부터 들은 내용으로 대충 판단해 버리지요. 그들은 정말 지구상에서 벌어지는 모든 일들에 대해 아무것도 모르고 있었지요."

"그 말씀이 맞습니다. 하지만 저만 해도 마찬가지예요. 그냥 대충 세상을 살아가는 것이지요. 다만 다른 것은 얼마만큼 아느냐가 문제가 되는 것이겠지요."

"그것은 엄청난 차이가 있습니다. 지금까지 일반적인 사람들의 무지는 잘사는 사람들과 권력 있는 자들의 존재들에게 속기 쉽다는 겁니다. 부자와 권력을 지닌 자들만을 위대하다고 생각하는, 무지한 생각으로 세상을 사는 것이지요. 그러나 사람은 그게 다가 아니지요. 우선 인격을 바로 보아야 하지 않을까요? 그들이 가난하고 그렇게 낮은 지위로 살아가는 것은 바로 그들의 주인이 잘살면서 지위를 늘이고 있기 때문이라고 생각합니다. 현재, 만약 그렇게 무지하게 살고 있는 가난한 사람들이 책을 값싸게 살 수 있어 지식을 습득하게 된다면 그들은 살아가는 처지가 많이 개선될 것이 분명합니다. 그러나 지금은 그렇지가 않지요. 책값이 비싼 지금 어떻게 일반인들이 책을 사서 읽겠습니까? 그럼에도 불구하고 모든 책들은 비싸게 책정되어야만 하지요. 일일이 손으로 작업을 해야 하니까요. 그래야 노동자들도 먹고살고요. 만약 비용만 줄일 수 있다면 인류가 안고 있는 모든 단점들이 많이 개정될 것입니다."

구텐베르크의 말을 듣고 있던 여인숙의 주인은 그의 말에 감명을 받은 듯 고개를 끄덕였다.

"정말 좋은 말씀입니다. 제가 알기로는 이곳 할렘에도 책을 만드는 사람이 있지요. 물론 저는 그와 친하지 않아 어떻게 책을 만드는지는 모릅니다. 그러나 사람들이 말하기는 그가 책을 매우 싸게 판다고 합니다. 제가 듣기로는 그는 틀을 짜서 인쇄를 한다고 합니다. 그러니까 매우 빨리 찍어낼 수가 있는 것이지요. 그것을 그는 프린팅이라고 하더군요."

구텐베르크는 흥분된 어조로 그 사람의 이름을 물었다.

"그 사람이 누구지요? 제가 한번 그 사람을 만나야겠군요."

"그의 이름은 로렌입니다. 로렌 젠센이지요. 코스터나 섹톤에 살고 있을 겁니다. 그는 그곳에서 우리 교회를 40년간이나 다닌 사람이지요. 그래서 사람들은 그 사람의 이름을 로렌 코스터라 부르기도 하지요."

"그곳에 그가 산다고요? 그를 한번 만나보면 안 될까요?"

"되고말고요. 저기 보이는 큰집을 가로질러 가면 시장이 나오는데 그곳에 그의 집이 있지요. 손님이 그 집을 찾게 되면 언제든지 그를 만날 수 있습니다. 지금까지 그는 책을 만드는 데만 열중하고 있어 결코 집 밖을 나가는 일이 없다고 합니다. 주일만 빼고요."

2. 구텐베르크

구텐베르크는 지체할 새 없이 여인숙을 나와 주인이 알려준 대로 찾아가 로렌 코스터를 만났다. 그 노인은 자신의 일에 관심을 갖고 있는 여행객에게 아주 융숭한 대접을 해주었고 자신이 인쇄를 하고 있는 장면을 보여주었다.

"이렇게 오랫동안 작업을 했지요."

로렌 코스터는 나무판에 조그만 종잇조각을 놓고 여러 개의 식자를 적당히 배열했다. 조심스럽게 맞춘 다음 온몸에 힘을 가해 프레스로 찍어냈다. 전신의 작용으로 동작이 되는 원시적인 기계였다.

"찍어낸 페이지를 보고 싶군요."

구텐베르크는 조심스럽게 낱장을 떼어냈다.

"이것이 내가 1시간에 걸쳐 펜으로 새긴 것이지요. 그리고 분당 꽤 많은 걸 찍어내고 있지요."

그 말을 들은 구텐베르크는 무척 기뻤다.

"이것이 바로 내가 발명한 것이지요. 어느 날 우연찮게 숲속으로 갔는데 그곳에서 내 어린 손자가 놀고 있더군요. 그곳에는 밤나무가 있었어요. 그런데 그 어린 손자가 나에게 부탁하기를 부드러운 나뭇잎에다 자기 이름을 새겨달라지 뭡니까. 그래서 손자 녀석의 말을 들어주었습니다. 나는 펜나이프를 항시 지니고 다녔으니까요. 녀석들이 뛰어다니며 놀고 있을 때 나는 좋은 잎사귀를 골라 거기에다 손자의 이름 알파벳 숫자를 새겼지요. 한 자에 한 조각이지요. 분명 나는 아이들을 즐겁게 해줄 수 있을 거라고 생각했어요. 그러려면 손자가 알파벳을 읽는 것도 도와줘야 될 것 같았어요. 나는 그것을 부드러운 종이에 싸서 집으로 가져왔습니다. 집으로 와서 그 잎사귀를 펴보는 순간 깜짝 놀라고 말았지요. 펜으로 새겨두었던 글자가 흰 종이에 그대로 찍혀서 나온 겁니다. 그걸 보고 생각을 했지요. 그렇게 해서 나는 마침내 지금과 같은 방식으로 책을 만들게 되었던 겁니다."

"정말 그것은 위대한 계기였습니다. 저는 그렇게 학교를 오랫동안 다녔는데도 전혀 그런 생각을 하지 못했습니다."

구텐베르크는 감격에 겨워 말했다. 그는 계속해서 코스터에게 많은 질문을 했다. 노인은 그의 질문에 친절히 응답해 주었고 또 다른 아이디어도 제공해 주었다.

"진실로 안다는 것은 세상을 날아다니는 힘을 주고 있습니다."

이렇게 감사의 인사를 전한 구텐베르크는 부리나케 여인숙으로 돌아와 빨리 날이 새기를 기다렸다.

다음 날 아침 구텐베르크는 스트라스버그에 있었다. 그는 방에 처박혀 오로지 코스터가 발명해낸 인쇄기를 능가하는 기계를 발명하는 데 온 힘을 기울였다. 그는 낱말과 단어를 배열해 놓았다. 그리고 계속해서 어떻게 하면 이 모든 것을 가장 빠르게 효과적으로 찍어낼 수 있는지를 연구했다.

마침내 그는 나무판보다 더욱 견고하고 선명한 금속활자를 발명해냈다. 그가 잉크를 집어넣으면 번지지 않고 식자 안의 내용이 그대로 찍혀

나오는 것이었다. 그리고 그것을 부드럽게 하기 위해 롤러를 사용해 문질러주는 방법도 창안했다.

이렇게 개선을 거듭한 결과 드디어 구텐베르크가 그토록 원했던 소원이 이루어졌다. 그의 궁극적인 목표였던 가난한 사람들에게 매우 저렴한 값으로 책을 공급하게 된 것이었다. 그리고 그 속도는 놀랍도록 빨랐다.

이렇게 인쇄술의 역사가 시작되었다.

알프레드 대왕

　지금으로부터 천 년 전에는 대부분의 사람이 글을 읽을 줄 몰랐다. 당시만 해도 책이란 매우 진귀한 것으로써 값비싼 티를 내듯 아주 극소수의 사람들의 전유물이었다. 그 시대의 책들은 사람이 직접 펜이나 붓으로 일일이 적어내리는 것에만 의지했기에 책을 쓰는 사람들도 보통 고역이 아니었다.

　그러나 그림들은 현재처럼 작가의 손놀림에 의해 그려지는 것임에도 역시 책들보다는 아름답고 진귀한 작품들이 많았다.

　좋은 책과 그림들은 보석과도 같은 것이라서 궁궐이나 큰 집을 소유한, 대단한 부자가 아니라면 결코 간직할 수 없었던 시절이었다.

　그 당시에는 심지어 왕의 자녀들까지 읽는 것을 중히 여기지 않았다.

그러하니 왕자들도 글을 읽지 못하는 경우가 부지기수였다. 그 시절에는 힘만이 세상을 지배하는 삶의 수단이었던 것이다.

왕자들은 지루한 공부보다는 어린 시절부터 사냥과 활쏘기에 전념했고 청년이 되면 어엿한 장수로 변했다.

어느 한 왕에게 에델벌드, 에델버트, 에델레드, 알프레드란 네 명의 왕자가 있었다. 세 명의 왕자는 매우 강인해 보이는 젊은이들이었다. 그러나 막내인 알프레드는 연약한 몸매에 아름다운 금발의 소유자였다.

어느 날 네 형제가 왕비인 어머니와 함께 식사를 했다. 식사를 마친 왕비는 아이들에게 어느 신하가 진상한 진귀하고 아름다운 책을 들어 보였다. 그녀는 돌아서서 아이들에게 그 책을 자세히 보여주었다. 그녀는 들고 있던 책 속의 그림과 글자들이 어떻게 쓰이게 되었는지를 왕자들에게 설명했다.

왕자들은 왕비가 보여준 책을 바라보며 감탄했다. 그 누구도 이처럼 진귀한 책을 본 적이 없었다. 감탄하는 왕자들을 바라보며 왕비가 말했다.

"이 아름다운 글과 그림들이 어떻게 탄생하였는지 설명해줄 테다. 그러나 문제가 있단다. 우선 너희들이 글을 읽을 줄 알아야 한단다. 그전에는 아마 도저히 이해할 수 없을 것이다. 그러니 안타깝기 그지없구나. 너희들이 글을 읽을 줄만 안다면 이 책을 읽으며 얼마나 재미있어 할까, 그것이 눈에 선하단다. 나는 이 자리에서 이 책을 너희들 중 한 명에게 선물할까 한다."

먼저 알프레드가 손을 들었다.

"어머니, 그 책을 저에게 주세요."

"하지만 이 엄마는 이 책을 너희들 중 먼저 책을 읽을 수 있는 아이에게 줄 생각이야."

그 말에 에델벌드가 고개를 저었다.

"어머니, 저는 그런 것보다는 활쏘기가 더 좋아요."

이번에는 에델버트가 말했다.

"저도 어머니, 그 책보다는 매를 길들여 사냥하는 게 더 좋아요."

에델레드도 형들의 편을 들었다.

"어머니, 그 책은 그냥 성직자들이나 학자들에게 주는 게 좋을 거 같은데요? 물론 저도 그 책을 읽고 싶기는 해요. 하지만 저희는 바로 이 나라의 왕자들입니다. 어리석게 책을 읽는 데 시간을 보내고 싶지가 않아요. 그건 분명 시간낭비일 겁니다."

그러나 형들과는 달리 막내 알프레드는 그 책을 꼭 갖고 싶었다.

"어머니, 저는 그 책의 내용을 꼭 알고 싶어요. 저는 그 책을 꼭 읽고 말 거예요."

수 주일이 지났다. 어느 날 아침, 알프레드가 싱글벙글 미소를 지으며 왕비의 방을 찾았다.

"어머니, 그 책을 제게 다시 보여 주세요."

왕비는 잠기지 않은 서랍을 열어 귀중하게 보관되어 있던 책을 조심스럽게 꺼냈다. 책을 받아든 알프레드는 첫 장을 숨죽이며 열어 보았다. 알프레드는 책의 첫 페이지를 또렷한 발음으로, 한 마디도 더듬지 않고 또박또박 읽어 내려갔다.

그 모습을 본 왕비가 얼른 다가가 알프레드를 안아주었다.

"아, 드디어 해냈구나, 알프레드! 대체 어떻게 글을 배운 거니?"

"예, 어머니. 수도사인 페릭스에게 물었지요. 페릭스는 저에게 글 읽는 법을 친절히 가르쳐주었어요. 이제부터는 어머니가 새로운 책을 구해 주세요. 페릭스는 끝까지 저를 위해 심혈을 기울일 테니까요. 정말 글을 배운다는 건 쉽지가 않은 일이지만, 그럼에도 저는 이런 책들을 쓴 사람들에게 절로 고개가 숙여집니다. 페릭스는 제가 글을 깨우치는 속도가 자신보다 나은 것 같다고 말했습니다. 제가 정말 이제 는 글을 잘 읽는 건가요?"

"그럼, 알프레드! 너는 멋지게 해낸 거란다."

그러나 반가워하는 왕비와는 달리 다른 왕자들은 알프레드를 놀려댔다.

"아무 소용도 없는 일에 왜 아까운 시간을 낭비한단 말이냐?"

"맞아, 무릇 사내라면 활쏘기와 창던지기에 심혈을 기울여야지."

"알프레드, 넌 차라리 수도사나 되어라."

왕비만은 알프레드를 포옹하며 귀한 책을 건네주었다.

"이 책의 주인은 바로 너다, 알프레드. 이 엄마는 정말 기쁘게 이 책을 너에게 상으로 주는 거란다. 이 엄마가 장담컨대 넌 커서 분명 훌륭한 왕이 될 것이다. 아주 현명하고 지혜로운, 그런 인물로 영원히 남을 거야."

왕비의 예언대로 알프레드는 다른 왕자들을 제치고 지혜롭고 고귀한 성품을 지닌, 전무후무한 영국의 왕이 되었다.

이 이야기의 주인공이 바로 알프레드 대왕이다.

책은 위대한 천재가 인류에게 남겨주는 유산이며, 그것은 아직 태어나지 않은 자손들에게 주는 선물로써, 한 세대에서 다음 세대로 연결된다.

— 에디슨

노인의 눈물

1. 존슨의 독서

이 이야기는 영국의 릭 필드라는 도시의 한 서점에서 시작된다.

어느 날 아침, 손님들이 오기도 전에 밖은 폭우로 얼룩지고 있었다. 작은 책상이 문 가까이 있었고 그곳에서 백발의 노인이 책을 포장하고 있었다. 그는 포장을 마친 책들을 바구니에 담아놓았다. 연로한 노인은 천천히 일을 하고 있었지만 가끔씩 허리를 구부리며 인상을 썼다. 분명 그런 일들이 힘에 부치는 모습이었다. 그는 손을 앞으로 내밀며 크게 기침을 해보였다. 그런 후 휴식을 위해 의자에 기대어 탁자 위를 바라보았다.

"사무엘!"

노인이 누군가를 불렀다.

안쪽 코너에서 한 젊은이가 큰 책을 꺼내놓고 나름대로 부지런히 읽고 있었다. 그는 약간 모자란 듯한 젊은이였다. 나이는 열여덟 살 정도 되어 보였고 키는 컸지만 다소 부자연스런 모습이었다. 더구나 얼굴은 거의 가분수에 가까웠고 여기저기 흉터도 보였다. 그의 시력은 분명 좋지 않은 것이 분명했다. 허리를 구부린 채 책 앞에 눈을 바짝 갖다 대고 있었다.

"사무엘!"

다시 노인이 청년을 불렀지만 대답이 없었다.

독서에 너무 열중인 사무엘은 노인이 부르는 소리를 들을 수가 없었다. 노인은 조금 더 휴식을 취한 후 다시 몸을 일으켜 책 포장을 끝내려고 했다. 그는 무거운 바구니를 힘겹게 올려 탁자 위에 놓았다. 그런 노인의 노력은 심장과 폐에 무리가 갔는지 기침을 유발시켰다. 그와 동시에 노인은 사무엘의 이름을 세 번째로 불렀다.

"사무엘!"

그제야 사무엘이 대답을 했다.

"왜요, 아버지?"

"너는 대체 뭐 하는 거니? 내일이 바로 이곳 옥스터의 상인의 날이다. 우리가 생각해둔 대로 서점을 꾸며야 해. 손님들은 내일 새로 나온 책들을 읽기 위해 기대를 걸고 올 거야. 그러니까 우리 두 사람 중 한 명은 손님들에게 책에 대한 안내를 해야 된단다. 하지만 난 이렇게 잘 걷지도 못하잖니? 이렇게 기침이 나를 못살게 굴고 있으니 말이다. 너는 폭우가 퍼붓고 있는 데도 아무것도 모르고 있으니 참으로 한심스럽구나."

"죄송해요, 아버지."

하지만 사무엘의 고개는 다시 책 쪽으로 숙여져 있었다.

"나만이 이곳에 서서 손님을 맞이할 수밖에."

노인이 그렇게 말을 했지만 사무엘은 그 말을 듣지 못했다. 그는 라틴 고전에 빠져 있는 듯했다.

노인은 문 밖으로 나갔다. 폭우는 그칠 새 없이 계속 퍼붓고 있었다.

"사무엘, 나를 위해 이곳에 남아 있지 않겠니?"

노인은 큰 코트를 입으며 말하고는 모자를 썼다. 팔에는 커다란 바구니가 들려 있었다. 그는 자신의 아들을 힐끗 쳐다보았다.

"사무엘, 잠시 후면 이곳에 큰 마차가 도착한다."

노인이 기침을 해대며 말했지만 사무엘은 아무런 반응이 없이 책만 읽고 있었다.

곧이어 달구지 한 대가 덜그럭거리며 거리로 들어섰다. 노인은 달구지가 다가오자 안으로 들어가 무거운 바구니를 질질 끌다시피 밖으로 가져 나오려 했다.

달구지는 노인이 안으로 들어간 동안 잠시 밖에 서 있다가 기다릴 수 없다는 듯 그냥 출발해 버렸다.

사무엘은 아직도 책에 머리를 숙이고 있었다. 밖에는 여전히 폭우가 쏟아지고 있었다.

2. 사무엘 존슨

40년이 지난 어느 날, 옥스터의 상인의 날이 다시 밝았다.

그날도 세찬 폭우가 쏟아지고 있었다. 사람들은 팔 상품들을 뒤죽박죽 섞어 처마 밑에 놓고 마구간과 노점을 지붕 삼아 앉아 있었다.

마차 한 대가 릭필드 도시의 한 상점 앞으로 들어서고 있었다. 한 노인이 마차에서 내렸다. 노인은 한 70세쯤 되어 보였다.

노인은 키가 컸으나 잘생긴 외모는 아니었다. 얼굴에는 흉터가 나 있었으며 마차에서 내릴 때 이상하게 얼굴을 찡그리는 것 같았다. 심한 감기에 걸렸는지 얼굴이 벌개져서 한눈에 보기에도 심하게 앓고 있는 것 같았다. 지팡이 하나에 의지해 걷고 있는 그였다.

노인은 느릿느릿 매우 무거운 걸음을 옮기고 있었다. 폭우가 쏟아지는지도 모르는 것 같았다. 그는 작은 마구간을 돌아 상점으로 향했다.

어떤 상점은 지붕이 없었고 중앙으로는 시끄럽게 외쳐대는 잡상인들의 소음이 들렸다. 또한 장사를 포기하고 공터에 물건을 남겨둔 잡상인도 있었다.

낯선 노인은 반쯤 가다가 걸음을 멈추었다.

"맞아, 바로 여기야!"

노인은 중얼거리는 이상한 버릇이 있었는지 목소리를 높이며 말했다.

"그래, 난 똑바로 기억하고 있지. 여기가 바로 아버님이 계시던 곳이었어. 그 선명한 상인의 날, 팔린 책을 계산하고 계셨었지. 그럴 때면 어떤 분이 교회에서 여기까지 찾아와서 우리들이 말하는 책의 내용에 귀를 기울었었지."

노인은 돌아서며 단호히 말했다.

"확실해, 여기가 맞아!"

노인은 반복해서 중얼거렸다. 그리고는 조용히 그곳에 오랫동안 서서 위쪽을 바라보았다. 그쪽으로 오래된 상점 하나가 있었다. 그는 모자를 벗어 자신의 팔에 끼고 큰 걸음으로 걷기 시작했지만 지팡이를 떨어뜨리고 말았다. 순간 그의 걸음이 휘청거렸으나 고개를 숙여 지팡이를 집어들었다. 아직도 비가 오는 줄 모르는 것 같았다.

시계탑은 시장 폐장시간을 알리는 11시로 접어들고 있었다. 지나가던 행인들이 걸음을 멈추며 낯선 노인을 바라보았다. 시장 상인들은 그들의 상점과 노점에서 그를 힐끗힐끗 쳐다보았다. 몇몇의 사람들은 노인의 깊게 주름진, 냇가 같은 얼굴의 흉터를 바라보며 웃었다.

소년들은 노인을 놀렸다. 어떤 버릇없는 녀석들은 그에게 진흙을 던지기도 했다. 그러나 아랑곳하지 않고 노인은 그렇게 한 시간이 지나도록 그 자리에 서 있었다.

사람들이 다시 이상한 노인을 보며 말했다.

"저 늙은이는 미쳤다."

빗줄기는 노인의 벗겨진 머리 위와 넓은 어깨 위로 쏟아졌다. 그는 흠뻑 젖어 한기를 느꼈지만 아무런 동요 없이 그 자리에 서 있었다.

"할아버지, 누굴 찾고 있는 겁니까?"

지나가던 한 젊은이가 노인에게 물었다.

"자네, 이분에게 묻는 건가?"

그때 런던에서 온 신사 한 명이 젊은이에게 물었다.

"자네는 알지 못하는군. 바로 이분이 그 유명한 닥터 사무엘 존슨이란 분일세. 영국에서 가장 유명한 분이란 말이야. 이분은 모든 사람들이 찬사를 보내고 있는 라젤라스와 살아 있는 시인들, 아이렌 등등 수많은 작품들을 쓰신 분이라네. 이분은 또 영국의 모든 사람들이 품고 다니는, 바로 영국사전을 만드신 분이라네. 이 시대에 최고의 놀라운 작품을 쓰신 분이란 말이야. 런던에서는 이분의 명성을 모르는 사람이 없다네. 이분이야말로 영국문학의 산증인이시라네."

"그러면 왜 이분은 옥스터로 오셔서 이렇듯 서 계시는 겁니까? 이토록 비를 흠뻑 맞고서 말입니다."

"나는 그 점에 대해선 자네에게 할 말이 없다네. 그래도 분명한 건 이분에게 그럴만한 사정이 있겠지. 안 그래?"

신사는 말을 마친 후 가던 길을 갔다.

그때, 그토록 세차게 내리던 폭우가 그쳤다. 새들이 지붕꼭대기에서 물기를 털며 날아갔다. 사람들은 갑자기 비가 그치자 거리로 쏟아져 나왔다. 벽시계는 시장 폐장시간을 넘긴 열두 시였다. 그래도 노인은 거의 1시간가량을 한 자리에 서 있었다.

다시 빗줄기가 떨어지기 시작했다.

노인은 천천히 돌아서서 모자를 썼다. 손에는 떨어뜨렸던 지팡이를 들고 있었다. 그의 눈이 잠깐 사이에 정상으로 돌아왔다.

노인은 큰 걸음으로 걸어 나갔다.

"왜 그러셨어요, 여보? 우리는 하루 종일 당신의 행방을 찾았어요. 그런데 당신은 이렇게 젖어서 한기에 떨고 계시다니! 여기에는 대체 왜 오신 거죠?"

"부인, 40년 전 바로 이날, 나는 아버님의 청을 거절했었어. 그 후로 내 죄책감은 사라지지 않았어. 그래서 내 스스로 일깨울 수밖에 없었지. 이렇게 한 시간을 서 있어야만 내 죄가 사라질 것 같았어. 내가 이렇듯 비를 맞으며 서 있었던 이유는 내가 범했던 죄를 참회하기 위해서야. 전에 이 마구간은 아버님이 쓰셨던 가게라네."

위대한 이 노인은 두 손으로 얼굴을 가리고 한없이 울고 있었다.

비는 거리를 흠뻑 적시고 있었다.

today's best word

책이 없다면 신은 침묵을 지키고, 정의는 잠자며, 과학은 정지되고, 철학도 문학도 아무 말이 없을 것이다. 신이 인간에게 책이라는 구원의 손을 주지 않았더라면, 지상의 모든 영광은 망각 속에 묻혀버리고 말았을 것이다.

— 리처드 베리

공부하는 대장장이

"야, 이놈들아! 내가 무슨 말을 했는지 알아?"

어린 학생들에게 선생님이 화를 내며 소리를 질렀다. 그가 화를 내는 이유는 제자들이 전혀 공부할 생각을 하지 않기 때문이었다.

"여학생들도 더 이상 속삭이지 말라고 말했었지?"

역정을 내는 선생님을 뒤로하고 아이들은 여전히 수군거림을 멈추지 않았다. 선생님은 그제야 아이들이 떠들어대는 버릇을 도저히 고칠 수 없음을 알았다. 선생님이 아무리 화를 내도 아이들은 그때만 지나면 그만이었다. 이제는 숫제 선생님의 화내는 소리조차 두려워하지 않았다.

점심시간이 반쯤 지나자 아이들의 재잘대는 소리가 더욱더 심각해졌다. 참다못한 선생님이 꾀를 내었다. 선생님은 쉴 새 없이 수군대고 있는 아이들에게 미소를 지으며 말했다.

"얘들아, 선생님과 재미있는 게임이나 한번 할까? 너희들이 너무 재미있게 떠들어대니 방법은 하나밖에 없단다. 모두들 조용히 해라. 지금부터 제일 먼저 입을 벌리는 아이는 앞으로 나와 칠판 구석에 서 있어야 한다. 그 아이는 다음 번 아이가 입을 열 때까지 계속 그렇게 서 있어야 하지. 빨리 그 자리를 탈출하고 싶으면 입을 여는 다른 아이들을 바로 잡아내면 된다. 어때? 재미있지 않겠니? 이곳으로 불려 나온 아이는 두 눈을 크게 뜨고 친구가 그 어떤 소리를 내든 확실히 보았다가 증거를 잡아야 한다. 만일 뉴턴이 먼저 떠들어 불려 나왔다면, 뉴턴은 다른 친구가 떠드는 걸 보는 순간 그 친구의 이름을 부르며 들어가거라. 그 친구는 뉴턴 대신 이곳에 서 있다가 다시 떠드는 친구의 이름을 외치며 들어가야겠지. 무슨 말인지 알겠지? 이 게임은 종례시간까지 계속될 것이다. 너희들 중 마지막 시간이 끝날 때까지 서 있는 아이가 너희들을 대표해 벌을 받게 될 거다. 알아서 해라."

한 아이가 불끈 선생님의 말에 인상을 쓰며 대꾸했다.

"선생님, 그 벌이라는 게 뭔가요?"

"아마도 심하게 회초리를 맞을 거다."

선생님이 무뚝뚝하게 대답했다. 떠드는 아이들에게 지쳐버린 선생님은 매우 피곤해했다.

어린 학생들에게 선생님이 말한 게임은 매우 재미있는 놀이 같아 보였다.

첫 번째로 토미 존스가 빌리와 함께 속삭이다가 곧바로 불려 나와 복도 쪽으로 섰다. 그러나 채 2분이 지나지 않아 빌리 브라운은 매리 그린이 떠드는 소리를 듣고 이름을 불러 두 학생의 자리가 바뀌게 되었다.

불려 나온 메리는 사방을 둘러보던 중 사무엘 밀러가 옆 사람에게 연필을 빌려달라는 소리를 듣게 되어 그의 이름을 불렀다.

그렇게 우습게 시간이 지나 방과시간 10분 전이 되어버렸다. 그 시간으로 접어들자 아이들은 조바심을 내었다. 이제까지는 떠들다 앞으로 나가도 별문제가 없었지만 만일 운이 나빠 종례시간까지 서 있게 되면 대표로 매를 맞게 될 것이다.

아이들은 신중해졌고 담임선생님이 정말로 자신의 말대로 매를 들 것인가 궁금해 했다.

아이들의 조바심과 궁금증이 절정에 달하자 교실 벽에 걸려 있는 시계의 초침소리까지 들렸다. 예전에는 결코 수업시간에 그런 소리를 들은 적이 없었다.

지금 서 있는 아이는 토미 존스였다. 토미는 거의 40분가량을 그렇게 서 있었다. 배배 몸이 꼬이던 토미는 얼른 그 자리를 벗어나고 싶을 뿐이었다. 토미는 다리를 비비 꼬며 떠드는 아이를 찾아내기에 혈안이 되었다. 그러나 종례시간이 다가옴을 눈치 챈 아이들은 매우 신중했다. 이제 어쩔 수 없이 토미가 반 아이들 대신 매를 맞아야 했다.

그때 갑자기 토미에게는 너무도 다행히도 루시 마틴이 책상에 기대어 앞쪽 아이에게 뭔가를 속삭이는 게 보였다. 그러나 루시는 학생들 중 최고로 인기 있는, 예쁜 아이였다. 모든 아이들이 루시를 사랑했다.

루시는 정말 운이 없게도 그날 처음으로 수업시간에 떠들게 되었던 것이다. 그럼에도 성질 급한 토미는 루시의 사정을 봐주지 않았다. 토미는 그저 그 자리를 빠져나가 매를 피하고 싶을 뿐이었다.

토미는 크게 루시의 이름을 불렀다.

"루시 마틴!"

자랑스럽게 루시의 이름을 부른 토미는 당당히 자신의 자리로 돌아갔다.

루시는 자신이 조그맣게 속삭인 사실조차 모르고 있었다. 루시는 단지 얼른 시간을 마치고 집으로 돌아가고 싶었을 뿐이었다. 정말 아무 생각 없이 말을 꺼냈던 것이다.

앞으로 불려 나온 루시는 큰 눈에 눈물이 그득 고여 훌쩍이고 있었다. 루시는 앞으로 불려 나온 사실에 대해 매우 부끄러워하며 마음의 상처를 받았다.

루시는 결코 학교생활에서 그런 적이 없었다. 다른 아이들도 고개를 숙이며 착하고 예쁜 루시의 작은 실수에 대해 동정을 표했다.

이제 선생님이 진짜로 루시를 회초리로 때릴 것인가에 문제의 초점이 모아졌다.

시계의 초침은 쉬지 않고 돌아서 마지막 수업의 종소리가 일 분밖에 남지 않았다.

과연 우리의 어린 루시가 대표로 맞게 된단 말인가?

그때 한 학생이 세 칸이나 떨어진 토미 존스에게 큰 소리로 뭔가를 물으며 선생님의 자리로 옮겨갔다. 모든 반 아이들이 당돌한 그 친구를 바라보았다.

그러나 루시 마틴은 울기만 할 뿐 그 아이의 이름을 부르지 않았다. 그 광경을 바라본 모든 아이들이 놀라 그만 할 말을 잃고 말았다. 그 아이는 학교에서 제일로 공부를 잘하는 아이였다. 그 아이는 아직까지 한 번도 교칙을 어기지 않았었다.

이제는 종소리가 30초도 남지 않았고 그 아이는 다시 돌아서서 큰 소리로 말했다. 그 소리에 선생님조차 다른 말을 할 수가 없었다.

"엘리후! 네가 본보기로 매를 맞아야 한다. 네가 제일 많이 떠들었으니까!"

선생님은 화가 나서 그 학생의 이름을 부르며 앞으로 나오라고 했다. 그러자 아이는 아무 망설임 없이 성큼 앞으로 나왔다. 아이가 나오자 당연히 루시 마틴은 제자리로 돌아올 수가 있었다.

루시가 자리에 앉자마자 벨이 울렸다. 수업이 끝난 것이다. 이제 모든 아이들이 집으로 돌아갔다. 선생님은 큰 회초리를 들고 남아 있는 아이에게 말했다.

"엘리후, 내가 한 말을 기억하고 있겠지? 난 약속을 지킬 거다. 그전에 한마디만 묻자. 왜 너같이 착실한 아이가 마지막 시간을 맞춰 떠들게 된 거지? 그것도 큰 소리로 말이야."

아이는 차분히 대꾸했다.

"저는 단지 루시를 구해내려고 그랬던 겁니다."

아이는 자신의 행동이 옳았다는 듯 당당하고 용감하게 말했다.

"저는 도저히 루시같이 착하고 예쁜 아이가 벌을 받는 걸 볼 수가 없었습니다."

선생님은 대견한 듯 아이를 바라보며 미소를 지었다.

"그랬구나? 당연히 그렇겠지. 어서 집으로 돌아가거라. 내가 졌다."

위 예화는 오래전에 뉴브리튼의 코네티컷에서 있었던 일이다.

엘리후 버릿은 당시 매우 가난한 집에서 태어났기에 공부할 처지가 아니었지만 대장장이 일을 하면서 시간이 나는 대로 열심히 공부했다. 비록 대장장이 일을 하고 있던 그였지만 세계 각지의 언어들에 관심을 보이며 쉬지 않고 노력한 결과 상당히 많은 나라의 언어에 통달하게 되었다. 그리하여 사람들은 그를 공부하는 대장장이라고 불렀다.

today's best word

옳은 일임을 알고도 행하지 않는 것은 용기가 없는 것이다.

— 공자

그림 속 파리 한 마리

오래전 이탈리아에서 한 여행객이 푸른 목장들과 그곳에서 양을 치는 사람들이 내려다보이는 드넓은 목초지를 산책했다. 그는 근처에서 제일 높은 언덕에 올라 사방을 내려다보고 있었다.

저 아래 양치기 소년 한 명이 잔디에 앉아 무엇인가에 골똘하고 있는 모습이 보였다. 소년의 주위에는 수많은 양이 한가롭게 풀을 뜯고 있었다.

소년은 자신이 하고 있는 일에 너무 몰두한 나머지 여행객이 다가오는 모습조차 의식하지 못했다. 소년은 목탄을 쥐고 편편한 바위 위에다가 자신이 돌보고 있는 양들을 그리고 있었다.

여행객이 소년 쪽으로 바짝 다가갔지만, 소년은 아랑곳하지 않고 자신의 그림에만 열중했다.

여행객은 소년의 그림을 자세히 들여다보았다. 소년이 그린 그림은 확실히 양이었다. 그러나 그림을 볼 줄 아는 여행객은 소년의 그림을 본 순간 적잖이 놀라고 말았다. 그 그림은 어린 소년이 그렸다고는 믿어지지 않을 만큼 섬세했고 정밀했다. 천부적 재질을 타고난 소년이었던 것이다.

여행객은 소년의 이름을 묻지 않을 수 없었다.

"애야, 네 이름이 뭐지?"

그림에 몰두하느라 주위를 의식하지 못했던 소년은 그제야 놀라 얼굴을 들었다.

"도대체 누구시죠? 제 이름은 기오또라고 하는데요."

"아, 그래, 기오또! 정말 미안하구나. 그래, 아버지 성함은 어떻게 되지?"

소년은 당황하면서도 낯선 이의 질문에 또렷이 대답했다.

"본돈이라는 분이시지요."

"그래, 그럼 네가 돌보고 있는 양은 누구의 것이지?"

"저 양들은 저기 큰 저택에 살고 있는 부자의 것이지요. 우리 아버지는 들에서 일을 하시고 저는 이렇게 양을 돌보고 있지요."

"기오또, 그렇다면 나와 함께 사는 것은 어떻겠니? 너는 타고난 그림 솜씨를 지니고 있단다. 그런 네가 그림에 성공할 수 있도록 내가 지도해 줄 테니까 말이다. 양이나 사람을 그릴 때에는 어떻게 그리느냐가 중요한 거란다."

낯선 방문객의 제안을 받은 소년은 자신의 그림을 칭찬해주는 그가 마음에 들었다. 어린 소년이 보기에도 그는 대단한 화가처럼 보였던 것이다. 소년의 얼굴이 밝아지기 시작했다.

"제가 그림을 배운다면 얼마나 좋을까요? 정말 믿어지지 않아요. 하지만 제가 결정할 일이 아닌 것 같아요. 일단 아버지의 허락을 받아야 하니까요."

"그러자꾸나. 어서 아버지에게로 가보자."

아이의 그림을 단번에 알아본 이 여행객이 바로 당대의 그 유명한 화가 시마부였다.

시마부가 소년의 아버지인 본돈을 찾아가자 그 역시 놀라지 않을 수 없었다. 이탈리아 최고의 화가가 어느 날 갑자기 나타나 자신의 아들을 플로렌스로 데려가 그림을 가르치겠다니 황당할 수밖에 없었다.

"제 아들놈이 그림을 잘 그린다니 놀랄 수밖에요. 저는 애비로서 전혀 아는 게 없습니다. 부끄럽군요. 그러나 아이를 거두어 주신다니 저로서는 영광입니다. 이 아이는 오로지 그림밖에는 모르는 아이입니다. 아마도 선생님의 지도에 아주 만족해할 것입니다."

마침내 플로렌스로 오게 된 기오또는 유명한 그림들을 자연스레 접하게 되었다. 천부적 재능을 지닌 기오또는 시마부의 기대 이상으로 그림을 잘 그렸다.

어느 날 시마부는 한 남자의 초상화를 그리고 있었다. 이윽고 초저녁이 되자 기오또를 바라보며 말했다.

"이 그림을 아침까지 그냥 놔둬야겠다. 침침한 밤에 그리기보다는 햇살을 받으며 그려야 하거든."

아침이 되어 시마부가 다시 그림을 그리려고 하자 그림 속 인물의 코에 파리 한 마리가 붙어 있었다. 시마부는 붓으로 그림 속의 파리를 날려 보내려 했다. 그럼에도 파리는 끝까지 남자의 코에 붙어 있었다. 자세히 보니 두말할 것도 없이 파리는 그림이었다. 황당한 시마부가 기오또를 바라보며 물었다.

"이게 무슨 짓이냐?"

시마부는 자신의 그림에 손을 댄 기오또를 바라보며 크게 화를 냈지만 잠시 후 냉정을 되찾았다. 시마부의 화가 가라앉자 기오또는 몸을 조아리며 조심스럽게 말했다.

"죄송합니다, 선생님! 제 부족한 생각으로는 그 자리에 꼭 파리가 있어야 할 것 같았습니다. 그래야 더욱 실감이 날 것 같았으니까요. 정말 선생님의 그림을 망칠 생각은 추호도 없었습니다."

기오또는 또다시 시마부가 화를 낼 줄 알았다. 하지만 시마부는 오히려 칭찬을 아끼지 않았다.

"어떤 이들은 그림에 파리를 집어넣기도 하지. 그것 역시 사실적 표현에 중요한 부분일 테니까."

이 이야기는 약 600여 년 전 이탈리아의 플로렌스 지방에서 있었던 일이다. 그 양치기 소년은 훗날 시마부처럼 이탈리아에 이름을 남기는 유명한 화가가 되었다. 소년 역시 시마부의 명성 대열에 합류하게 된 것이다.

세상에서 가장 힘든 일은, 모든 사람이 생각하지 않고 말하는 것을, 생각하면서 말하는 것이다,

— 알랭

고디안 매듭

서아시아에 오랫동안 풍요롭게 다스려지고 있던 프리지아라는 나라가 있었다. 그 나라 국민들은 그리스의 핏줄을 타고났고 그렇게 행복하게 살았다. 그들의 대부분은 낮은 동산을 근거지로 살고 있었으며 그곳에는 훌륭한 대리석과 금광이 자리하고 있었다. 뿐만 아니라 올리브 오두막과 온갖 과실이 잘 가꾸어진 산뜻한 곳이었다. 언덕에는 목초지가 나지막이 수를 놓듯 펼쳐져 있어 많은 양떼들을 기를 수가 있고 그곳에서 생산되는 양털은 세계 최고의 품질을 자랑했다.

그러나 오랫동안 이토록 평화롭게 사는 사람들에게 불행히도 왕이 존재하지 않았다. 모든 사람들은 자신들이 알고 있는 최선의 것들을 기본적인 삶의 의무로 삼고 있었기에 법이 필요치 않았다. 그러나 시간이 갈수록 사람들은 어떻게 살아야 가장 편하게 살 수 있는지를 깨닫게 되자, 금광 사람들은 낮은 언덕에서 가꾼 과실을 따

먹게 되었다. 과실나무를 가꾸며 살아가던 사람들은 언덕 위에서 노는 양을 잡아먹었다. 양치기들은 산사람들이 양을 잡아먹듯 그들의 금을 훔쳐서 살아갔다.

이렇게 되풀이되다 보니 결국 세 파로 나뉘어 전쟁을 하게 되었다.

행복과 번영의 상징이었던 나라는 온통 비애로 가득 찼다. 그럼에도 지혜로운 사람들이 없는 것은 아니었다. 그들은 나라가 분할되어 서로 싸우게 된 모든 사태에 대해 안타까움을 금할 길이 없었다.

"어쩌면 잘된 일인지도 몰라. 우리도 다른 민족들처럼 왕을 세워 기초를 마련해야 돼. 왕은 국민들에게 도덕적인 행위의 미덕과 모든 이들을 위한 법의 중요성을 알려주게 될 거야."

그러나 그들은 왕이 될 만한 인물을 천거해낼 수가 없었다. 모든 사람들은 자기가 세상에서 제일 잘났다며 서로 왕을 해야 된다고 주장하고 있었다. 그들은 도저히 왕을 선출할 수가 없자 마침내 하나의 제안을 했다.

"우린 지금까지 아무것도 모르고 살아왔다. 우린 신의 계시를 받아야 된다. 아폴로 신께 사신을 보내야 한다. 신은 우리들이 가진 문제를 분명히 알 것이고 분명 해답을 줄 것이다."

지혜로운 자들은 그렇게 신을 향해 심부름을 할 수 있는 사신을 선발하기로 했다. 모든 사람들이 그 계획을 듣고 기뻐하며 계시를 받을 사람을 선발했다.

아폴로 신전은 먼 바다 저편에 있어 신탁을 받은 사신이 돌아온 시간

은 몇 주가 지난 상태였다. 모든 사람들은 신의 계시를 듣기 위해 산으로 몰려들었다.

"신의 계시는 정확하게 내려진 것이 아닙니다. 그것은 단지 두 줄의 시와 같았습니다."

사신은 천천히 신의 계시를 들려주었다.

"너희는 마차를 천천히 끌고 내려오는 저 왕을 보아라. 그는 너희들의 불행한 나라 위로 평화를 안겨다줄 것이니라."

사신은 말했다.

"나는 이 말 외에 그 어떤 다른 말도 듣지 못했습니다."

모여 있던 사람들은 이 계시의 내용이 무엇일까 곰곰이 생각했다. 그러나 그들은 도저히 그 말뜻을 이해할 수 없었다. 사람들은 놀란 듯 사신을 바라보며 그를 둘러싸고 있었다.

그때 큰 소리를 내며 마차가 다가오고 있었다. 그 마차는 건초더미를 가득 싣고 있었다. 그 옆으로는 초라한 농부와 그의 아내, 그리고 어린 딸이 보였다. 물론 모든 사람들은 그 농부를 잘 알고 있었다. 그는 고디어스라는 이름을 가진, 그 누구보다 신념이 강하고 일을 잘하기로 소문난 사람이며 작은 오두막에 살고 있었다. 오두막은 나무들이 둘러싸고 있어 멀리서 보면 잘 보이지도 않았다.

갑자기 고디어스의 마차가 모여 있는 사람들 쪽으로 접근을 하자 한 현명한 사람이 소리쳤다.

"우리의 왕은 마차를 끌고 오는 바로 저 사람이다."

다른 사람이 나머지 말을 읊조렸다.

"그는 우리에게 불행을 버리게 하고 평화만을 가져다줄 사람이다!"

사람들은 그 말뜻을 이해했다. 그들은 마차로 달려가 반갑게 고디어스를 환영했다.

고디어스는 마차 앞으로 다가선 사람들을 보며 길 한가운데로 마차를 세웠다.

몇몇 사람들이 소리치며 그를 경배했다.

"만수무강 하옵소서, 프리지아의 왕이시여!"

나머지 사람들이 소리쳤다.

"여러분, 도대체 이 소동의 의미가 무엇이란 말이오?"

고디어스는 당황하며 마차 위에서 사람들을 내려다보았다.

"저는 여러분들의 소란에 제 말이 놀라지 않았기를 바랄 뿐입니다."

사람들은 고디어스에게 신의 계시를 설명하면서 자신들의 왕으로 추대되었음을 전했다.

그 말을 들은 고디어스가 사람들에게 말했다.

"좋소, 만약 신의 뜻이 그렇다면 어쩔 수 없지요. 그러나 우선은 우리의 갈 길을 가도록 해주시오. 그럼 보다 큰 것이 이루어지게 될 것이오. 여러분들이 바라는 모든 것들이 말이오."

고디어스는 곧장 나라 전체를 바라볼 수 있는 주피터의 작은 신전으로 마차를 몰았다. 그는 고삐 없는 소들을 이끌고 사원으로 들어갔다.

그 당시 사람들은 제물을 바치는 것을 의무로 알고 있었고 고디어스는 소를 잡아 제단에 바쳤다. 그리고는 소의 피를 받아 전능한 주피터의 신전에 쏟아 부으며 감사의 기도를 올렸다. 이윽고 고디어스는 놓여 있던 황소의 멍에를 집어 들었다. 그리고 마차 끝으로 가서 솜씨 좋게 새끼줄을 마차의 막대에 묶고는 멍에의 매듭을 이어 새끼줄 끝을 아무도 찾을 수 없는 자신의 장소에 감추어 놓았다. 그리고 그는 왕의 신분으로 자신의 의무를 밝혔다.

"나는 왕이란 임무에 대해 잘 알지 못한다. 그러나 나는 최선을 다해 내 임무를 다할 것이다."

고디어스는 확실하고 효과적인 법을 만들어 사람들 간에 마찰이 더 이상 없게 했다. 법률을 제정한 그는 확고한 리더십이 있어 그 누구도 법을 어길 생각을 하지 못했다. 그리하여 나라 안은 평화와 환희로 가득 찼다. 산에 사는 사람이든 평지에

사는 사람이든 모두들 행복했다. 모든 사람들은 주피터의 신전을 찾아와 고디어스의 마차를 구경하며 탄성을 자아냈다. 귀신같은 솜씨로 마차 막대기에 묶은 멍에를 보고는 정말 한결같이 감탄사를 자아냈다.

"세상에서 가장 위대한 인물만이 이 같은 매듭을 지을 수 있을 거야."

모든 사람들이 한 목소리를 내고 있었다.

"그 말이 맞소. 하지만 이 매듭을 푸는 사람이 더 위대한 인물이 되는 거요."

한 예언자가 그 말을 받았다.

"그걸 어떻게 푼다는 말입니까?"

구경꾼들이 물었다.

"고디어스 왕은 프리지아라는 작은 땅덩이의 주인일 뿐입니다. 그러나 이 놀랄 만한 매듭을 푸는 사람은 전 세계를 발아래에 두게 될 겁니다."

그 말은 발을 타고 전해져 전 세계의 정복을 꿈꾸는, 야망 있는 사람들이 매듭을 풀려고 몰려들었다. 용감한 전사들도 달려와 매듭을 풀려고 애를 썼지만 새끼줄 끝이 숨겨져 있어 그 누구도 목적을 달성하지 못했다.

그 후로 수백 년이 흘렀다.

고디어스 왕은 죽은 지가 오래 되었지만 사람들이 그 업적을 기리고 있어 그때까지 전 세계 유명한 사람들이 끊임없이 그곳을 오고갔다. 아마도 그 전설은 수천 년간 이어져 끝없이 사람들의 발복을 부여잡을 것이다.

고디어스의 마차는 주피터 신전의 작은 귀퉁이에 놓여 있고, 소의 멍에는 주인을 기다리며 막대기 끝에 매어 있었다.

어느 날 마케도니아의 알렉산더 왕이 프리지아 땅으로 들어왔다. 그리스 땅 모두를 정복한 대왕이었다. 그리하여 이제 서아시아 정복에 나선 것이다. 그는 선발된 소수의 정예 병력만을 대동하고 입성했는데도, 작은 프리지아 땅의 왕은 손을 들고 그에게 항복했다.

"이 나라에는 그 유명한 고디안 매듭이 있지?"

고디안 매듭의 소문을 알고 있던 그가 묻자, 프리지아 사람들은 그를 주피터 신전 안으로 안내했다. 수백 년이 지났지만 마차와 매듭은 고디어스가 처음 장치해 놓았던 그대로 변함없이 놓여 있었다.

"도대체 예언자들은 이 매듭을 놓고 뭐라고 한 거지?"

알렉산더 왕이 사람들을 보며 물었다.

"그가 말하기를 만약 이 매듭을 푸는 사람이 있다면 그는 세상을 정복할 인물이라는 것입니다."

그 말을 들은 알렉산더 왕이 찬찬히 매듭을 살펴보았지만 다른 사람들처럼 결국 끝매듭을 찾아내지 못했다.

그러자 알렉산더 왕은 허리에서 칼을 뽑아 매듭을 내리쳤다. 멍에가 땅에 떨어졌다.

"이게 바로 답이다!"

알렉산더 왕이 차분히 말했다.

"드디어 고디안 매듭을 내가 푼 것이다!"

말을 마친 알렉산더 왕은 소수의 병력을 데리고 아시아 정복에 나섰다.

"전 세계가 내 왕국이 되는 거다."

분명한 목소리로 알렉산더 왕이 말했다.

today's best word

불가능은 소심한 자의 환상이며 비겁한 자의 도피처이다.

— 나폴레옹

트로이의 목마

1. 10년 전쟁

에게 해에서 가장 번영을 누리며 세상에서 제일 유명한 도시가 있었다. 당시 사람들이 일리온이라 불렀던 트로이라는 도시였다.

트로이는 바닷가로부터 경사가 심한 평지에 자리 잡고 있었고 적들의 침입을 막기 위해 엄청난 높이의 벽으로 완전히 둘러싸여 있어 그 어떤 적들도 침입하기란 불가능해보였다.

성 입구는 백성들의 집으로 들쑥날쑥해 보였지만, 훌륭한 대리석으로 꾸며진 왕이 사는 궁전은 한눈에 보아도 휘황찬란해 보였다.

무장한 병사들이 아름다운 사원들과 성곽들을 순찰했다. 성벽 밖으로는 잘 가꾸어진 정원들과 농장, 숲의 지대가 돋보였고 주위로는 그 유명한 바위산으로 둘러싸여진 아이다 산이 자리를 했다.

트로이는 매우 오래된 도시였다. 100여 년 동안 힘과 자부심으로 확장되었지만 그 누구도 왕권의 수도인 트로이의 기원에 대해서는 아는 사람이 없었다.

"일리온은 영원히 존재할 것이다."

트로이 사람들은 그들의 견고하고 고풍스런 건축물들을 바라보며 자만심에 빠져 있었고 불행하게도 자신들의 삶이 송두리째 부서지는 전쟁이 일어날 것을 예견하는 사람은 없었다.

건너편 바다 쪽으로부터 그리스 사람들이 그 나라를 정복하기 위해 무장을 했다. 바로 트로이의 왕자 때문이었다. 파리스란 이름의 왕자는 그리스 사람들에게 적잖은 슬픔을 안겨다 주었다. 그는 도시의 아름다운 여인들을 약탈해 갔다. 사람들은 분노하지 않을 수 없었다. 복수를 맹세한 전사들이 트로이를 향해 복수의 칼을 갈고 있었다. 그들은 수천 척의 작은 배로 노를 저어 해변의 뭍으로 오를 수가 있었다.

그들은 도착하자마자 해변에 막사를 짓고 야영을 했다. 그들은 불을 피우며 자신들의 위용을 나타내는 흉상을 돌로 만들어 곳곳에 세웠다. 전장에서 트로이 전사들을 만나면 언제든지 달려들어 싸울 수 있는 사기를 돋우고 있었다.

이렇게 해서 기나긴 전쟁이 시작되었고 트로이는 9년 동안이나 그리스 병사들에게 둘러싸여 있었다. 적들은 용감했지만 트로이의 성문이 워낙 견고했다. 수많은 전투가 성문 밖에서 벌어졌지만 그 어느 쪽에서도 승리의 깃발을 꽂을 수가 없었다.

한 명의 영웅이 죽어 가면 다른 쪽에서도 한 명의 영웅이 죽어갔다. 영웅들이 그렇게 하나둘씩 죽음으로 묻혀가고 그 어는 쪽도 상황을 바꿀 수가 없는 듯싶었다.

"아테네는 우릴 수호해 줄 것이다. 팔라스 여신이 우릴 돕는 한 이 성은 결코 함락될 수 없다."

트로이 사람들은 이렇듯 희망을 부르고 있었다. 팔라스 여신상은 아테네 사원에 아름다운 모습으로 서 있었고 그 사원은 트로이 사람들에게 희망의 성지가 되어주고 있었다. 그들은 팔라스 여신이 신비로운 힘을 발휘해 자신들을 수호해 줄 것이라고 굳게 믿고 있었다.

그러나 그곳에는 율리시즈가 있었다. 그는 그리스 최고의 명장이었다.

율리시즈는 밤을 이용해 트로이의 성 안으로 남모르게 잠입했다. 그는 경비병이 눈치 채지 못하도록 성문을 통과해 모두 잠들어버린 아테네 사원을 향했고 마침내 팔라스 여신상을 해안가 막사로 옮겼다.

"이제 우리는 그 어떤 적도 물리칠 수 있다. 이제 팔라스 여신은 우리 편이 되었다."

그리스 병사들은 천군만마를 얻은 듯 기뻐했다. 그럼에도 트로이 사람들은 성문 안에서 전과 다름없이 철저한 방어만을 하고 있었고, 포위공격은 계속될 수밖에 없었다.

때 이른 여름 어느 날 아침, 모든 트로이 병사들이 일어나 벽 쪽의 보초병에게 큰 소리를 쳤다.

"왜 그래? 무슨 일이야?"

살펴보니 남녀노소를 불문하고 모든 사람들이 거리로 뛰쳐나가고 있었다.

"드디어 놈들이 물러났다!"

"누가 갔다고?"

"물론 그리스 놈들이지."

곧이어 수많은 사람들이 벽을 향해 섰을 때 그들은 그리스 병사들의 막사와 검은 배들의 선체를 해변에서 찾았지만 아무것도 찾을 수가 없었다.

"진짜 놈들이 물러갔나 봐."

앞쪽에 있던 보초병들이 날카롭게 소리쳤다.

"그 어떤 움직임도 보이지 않아. 천막도 없고 배들도 없어. 이제 놈들이 포기한 거야."

보초병들은 눈을 비비며 주위를 수색했고 그때 한 병사가 말했다.

"이상한 물체를 봤어. 갈대숲으로 알지 못할 검은 물체가 있지 뭐야. 다가가 자세히 봤더니 그곳에서 웬 인간이 헤엄을 치고 있지 뭐야."

모든 시선들이 앞쪽을 향하자 과연 갈대숲에는 정말 뭔가가 있었다. 그것은 배보다는 작았고 사람보다는 커 보였지만 여명의 안개에 가려 잘 알아볼 수 없었다.

잠시 후 아이다 산으로 붉은 태양이 모습을 드러냈다. 그 빛은 온 해변을 금빛의 황홀함으로 반사시키고 있었다. 세상이 밝아지자 마침내 괴상한 물체의 형상이 또렷이 나타났고 그것은 누가 보아도 말이었다.

"저건 너무 큰데? 너무도 거대한 말이야. 회색을 띤 모습이 아픈 모습같기도 하고. 아마도 그리스 놈들이 저걸 두고 간 모양인데? 가만히 생각해 보니 며칠 전 일이 생각나네. 저 갈대숲 뒤로 그리스 놈들이 뭔가를 만들고 있었어. 연장소리도 많이 나고 말이야. 그리고 뭔가를 저쪽으로 옮기는 모습을 보았지. 지금 생각해 보니까 분명 저것이었어. 그들이 바로 저런 목마를 만들어 놓았던 거야."

한편 아폴로의 사제인 라콧은 현명함과 지혜를 겸비한 사람이었다. 그는 오랫동안 이상한 물체를 바라보다가 몸을 돌려 말했다.

"저건 속임수인 함정이 틀림없다. 우리는 그리스 놈들의 농간에 놀아나서는 안 된다. 그들은 저 형상으로 우리를 속이고 있는 것이다. 절대로 저 목마를 건드려서는 안 된다."

2. 사로잡힌 시논

아침이 되자 트로이의 늙은 왕이 거리에 포고문을 내렸다.

"우리의 적들은 모두 물러갔다. 다시 우리에게 평화가 왔음을 선포한다. 이제 정오가 되면 성문이 열리게 될 것이다. 이제 우리 백성들은 생업으로 돌아가 하던 일을 하도록 하라."

포고문이 발표되자 성곽 곳곳이 삶의 활기로 들떠 있었다. 그날을 맞이할 때까지는 정말 두려운 밤의 연속이었다. 공포감에서 벗어났다는 것이 얼마나 달콤한 일인지 사람들은 깨닫고 있었다.

사람들은 평화만을 생각했다. 모든 여성들은 집안을 청소하기 시작했다. 집안은 온통 먼지로 푸석거렸지만 기쁨에 들떠 큰 소리로 노래 부르며 자신들이 해야 되는 일들을 찾고 있었다. 모두들 신바람이 나 있었다.

상점 주인들은 첫 손님과 거래하기 위해 부지런히 물건들을 정돈했다. 대장장이들은 용광로에 불을 붙여 도가니를 녹이고 있었다. 이제는 창, 칼, 투구 등을 녹여 평화의 쟁기를 만들 차례였다.

어부들은 방치해두었던 그물망을 꼼꼼히 살폈고, 농부들은 잡풀로 우거진 황폐해진 농경지에서 얼마만큼 수확을 할 수 있는지를 주고받고 있었다. 그들은 집안 곳곳에서 쟁기와 괭이, 갈퀴 등을 찾아내었고 예기치 않은 평화 덕분에 한없이 분주해졌다. 그러나 그런 분주함은 채 오후도 되지 않았다.

많은 사람들이 거리로 모여들고 있었다. 게으른 사람들, 구경꾼들, 예언자와 전사들, 소년들, 진실로 존경받는 인물들이 바다가 보이는 도시 한구석에 모여 불안에 떨며 웅성거리고 있었다. 몰려 있던 사람들은 성문이 열리자 해변으로 몰려들었고 남녀노소 할 것 없이 웅성이며 그리스 병사들이 남기고 간 물건들을 살펴보고 있었다. 그러나 그들이 발견한 것은 깨진 도자기 조각, 부러진 칼자루 등 가치 없는 장신구들이 대부분이었다.

그들은 그곳을 벗어나 반대편의 한없이 우거진 갈대숲을 바라보았고 대담한 사람들조차 괴물같이 보이는 거대한 목마에 접근하지 못했다. 사제들과 라콘이 그 근처에는 얼씬도 못 하게 엄포를 놓았기 때문이었다.

아무리 보아도 그리스 사람들이 알 수 없는 악마의 기운을 받아 그것을 세워두고 물러간 것 같았다.

그때 갑자기 반대편에서 큰 외침이 들렸다. 농부들이 습지로 사냥을 나갔다가 한 수상한 남자가 다가오고 있는 모습을 보았던 것이다.

"그리스 놈이다! 그리스 놈이 나타났다!"

사람들은 달려가 정체 모를 남자를 사로잡았다. 그 가여운 남자는 목에 가죽 끈이 묶인 중죄인처럼 잡혀 있었다. 죄인은 비틀거리며 모래사장을 마구 끌려가고 있었다. 그의 눈은 부어 있어 앞을 보지도 못하는 것 같았다. 온몸이 상처로 변해 흐르는 피의 근원이 어디인지도 모를 지경이었고, 얼마 후 그의 왼쪽 귀마저 잘려나가 버렸다. 왼쪽 팔 역시 나뭇가지처럼 부러져 있었다.

군중들은 그만 질려버렸다. 너무도 심한 부상을 당했기 때문이었다.

"너무 끔찍하다! 저 그리스 놈을 그냥 버려두고 가자."

그때, 왕의 호위병 전차가 보이자 군중들은 소란을 멈췄다. 모두들 쥐 죽은 듯 조용했다.

호위대장이 군중들을 바라보며 자초지종을 물었다.

"예, 저자는 그리스 사람입니다."

그의 말에 포로를 생포한 병사가 대답했다.

"저희는 이 사람을 습지에서 발견했습니다. 그때 이 사람은 큰 부상을 당했는지 거의 죽어가고 있었습니다. 눈도 장님이 되었고요. 그래서 저희들이 쉽게 사로잡을 수 있었습니다."

"뭐라고? 거의 죽어가고 있었다고? 그것 참, 이상하다! 왜 이리 심한 부상을 당했지?"

호위대장은 궁금했는지 그에게 다가서며 몇 가지를 더 물었다.

"도대체 네 정체가 무엇이냐? 어서 정체를 밝혀라. 트로이의 친구인지 그리스인인지 밝혀라. 네 이름과 직업은 무엇이며 국적은 어디냐?"

호위대장의 말에 그 사람은 숨을 몰아쉬며 간신히 말했다.

"제 이름은 시논입니다. 그리스 태생이지만 지금은 나라가 없습니다. 이 상처는 그때 생긴 겁니다. 이 귀와 눈도 말이지요. 제가 어떻게 이 같은 상처를 남겨주고 병신으로 만든 놈들에게 호의를 가질 수 있겠습니까?"

"그래, 계속해서 말해 봐라. 정말 그리스 병사들이 이곳을 완전히 떠났단 말이냐?"

호위대장이 다시 물었다.

"그렇습니다. 저는 확신할 수 있습니다. 율리시즈는 정말 교활한 놈이었습니다. 팔라스 여신상을 도둑질 해온 놈이지요. 그때 그리스 놈들은 힘이 났었습니다. 모두들 승리의 확신이 있었지요. 하지만 싸움은 그렇지 않았습니다. 몇 번 시도를 해본 놈들은 승리의 편이 되지 못하자 그만 지쳐서 주저앉아 버렸습니다. 그들의 결정은 단순했습니다. 포위공격을 멈추고 고향으로 돌아가자는 것이었습니다.

그때 갑자기 바다에서 엄청난 폭풍이 휘몰아쳤습니다. 큰 물결이 해안을 덮쳐 진을 치고 있던 놈들의 막사를 단숨에 쓸어버렸습니다. 도저히 눈 뜨고는 못 볼, 믿지 못할 사건들이 벌어졌습니다. 작은 배들은 모두 파도에 휩쓸려 사라지고 말았습니다.

기가 질린 사람들은 그만 자포자기하며 모든 상황을 운명에 맡겼습니다. 순식간에 파도가 모든 막사를 삼켜버렸으니까요. 사람들은 이 모든 재난들이 트로이를 포기하고 집으로 돌아가라는 신의 계시라고 여겼습니다. 그때 칼차스란 예언자가 처음으로 명령을 했습니다. 이것은 아테네의 노여움이라고요. 그것은 팔라스 여신상을 훔친 죄의 대가라고 말했습니다. 그녀가 강탈당한 수치심에 이런 재난을 주고 있다는 것이었습니다. 만약 속죄하지 않으면 이런 재난은 쉴 새 없이 벌어질 것이라고 말했습니다.

그때 대장인 율리시즈가 칼차스에게 물었습니다. 그럼 어떻게 해야 하느냐고요. 그러자 예언자인 칼차스가 말하기를 큰 목마를 만들어 이곳에 두고 떠나면 그것이 속죄의 의미가 되어 신이 노여움을 푼다는 것이었습니다. 그렇지 않고서는 그 어떤 배도 그리스로 돌아가지 못할 것이라 했습니다.

그때 다른 예언자가 불려갔고, 그는 율리시즈에게 영웅이 나타날 때까지는 그리스 배들이 더 이상 항해할 수가 없다고 했습니다. 따라서 누군가는 아폴로 제단에 희생양이 되어야 하며 그 영웅은 바로 시논이라고 했습니다.

이윽고 저는 밧줄에 목이 걸려 캠프 밖으로 끌려 나갔습니다. 그러나 저는 그날 밤 줄을 풀고 율리시즈의 삼엄한 포위망을 뚫고 탈출을 했습니다. 그러자 율리시즈는 필사적으로 저를 추적했습니다.

신의 뜻이었던지 저에게는 자비의 바람이 불지 않았습니다. 저는 생포되어 지금과 같은 처참한 부상을 당했지요. 기절해 있던 저를 본 율리시즈는 거의 죽었다고 생각을 하고 있었습니다. 따라서 경계를 게을리 했습니다. 도망가 봤자 이 몸으로는 죽을 거라는 생각이었던 것 같습니다. 그러나 밤이 되자 저는 끈질긴 생명력으로 살길을 찾았습니다.

저는 교묘히 은신처가 될 수 있는 해안의 진흙습지로 기어갔습니다. 그렇게 숨어 있던 저는 마지막 배까지 사라져가는 모습을 보았지요. 그리하여 습지를 간신히 기어 나오던 중 이 사람들이 저를 율리시즈가 했던 것처럼 줄에 묶어 이렇게 질질 끌고 이곳까지 데리고 온 것입니다."

3. 라콘의 최후

"그럼 저 목마에 대해서 다시 한 번 설명해 보아라."

호위대장이 말했다.

"저 목마는 전쟁의 산물입니다. 예언자인 칼차스의 주문 때문이었습니다. 결코 배들은 안전한 항해를 할 수가 없었습니다. 지금같이 저 목마가 갈대 숲 쪽으로 서 있지 않으면 말이지요. 예언자가 강변하기를 저 목마가 행복과 번영을 가져다준다고 했습니다. 그 모든 행운까지도요. 그리스 사람들은 마지못해 목마를 만든 겁니다. 결코 바란 적이 없는 트로이의 번영을 위해서요. 그리하여 그들은 저렇게 넓고 큰 목마를 만들게 된 것입니다. 그래야 성 안으로 끌려 들어가는 일은 없을 테니까요. 그들은 해안가와 갈대 사이를 장소로 잡았습니다. 행여나 물결들이 저것을 먼 바닷가로 밀어낼까 염려해서입니다."

"그럼 저 목마가 그리스인들의 창작물이란 말이냐?"

트로이 사람들은 흥분되어 말했다.

"좋아, 하지만 우리 트로이 사람들은 그리스인들이 만든 창작물로 번영과 행복을 바라지는 않지."

시논의 존재를 잊은 군중들은 미친 듯이 말의 머리를 원래 서 있던 곳으로 밀어 넣고 있었다.

그때 라콘의 흥분된 목소리가 들렸다.

"경계하라, 경계해야 한다!"

라콘은 비틀거리며 군중들 틈새를 비집고 있었다.

"저 목마는 그리스인들의 함정이다. 저 목마는 결코 우리에게 번영과 행복을 가져다주지 않는다. 비극과 절망만을 안겨다 줄 뿐이다. 저 목마를 먼 바다에 버리든가 아니면 불에 태워야 한다. 절대 도시로 들여놓아서는 안 된다."

라콘은 말을 마치며 자신의 창을 거대한 목마 쪽으로 날려 보냈다.

창이 목마의 가슴에 맞았다. 그때 목마에서 가장 가깝게 있던 사람들은 아주 옅은 괴물의 소리를 들을 수 있었다. 그것은 들릴까 말까 한 인간의 신음소리 같았다. 그리고 창과 방패가 부딪치고 덜거덕거리는 소리가 아주 작게 들리는 것 같았다.

"저걸 바닷가에 버리자!"

늙은 사제를 따르는 사람들이 소리쳤다. 그러나 대부분의 사람들은 시논의 편이 되어 있었다.

"우린 저 선물을 받아야 된다. 우리가 그리스 놈들보다 선수를 쳐야 된다. 저 행운의 말을 우리 도시에 넣으면 그 행운은 그리스 놈들에게 돌아가는 게 아니라 바로 우리에게 주어지는 거다. 우리의 번영이 먼저다."

사람들은 성으로 돌아가 큰 바퀴와 로프를 준비해왔다. 다른 사람들은 괴물이 성 안으로 들어갈 수 있게 성벽을 부수고 있었다.

라콘과 두 아들은 필사적으로 흥분된 군중들을 저지했다.

사람들은 아폴로에게 제물을 바치기 위해 바닷가로 나갔다. 그것이 그 나라의 관습이었다. 사람들은 인간을 제물로 바치는 게 아니라 인간의 형상을 딴 돌을 인간인 양 바치고 있었던 것이다.

그때 해변에 있던 사람들의 비명소리가 들렸다. 그곳에 있던 사람들은 공포에 휩싸여 급하게 몸을 돌려 내달리고 있었다.

자세히 보니 바닷가로 두 마리의 거대한 물뱀이 헤엄을 치고 있었다. 뱀들은 테네도스 섬 쪽을 빠르게 유영했다. 거대한 뱀들의 속도는 믿을 수 없을 만큼 빨랐다.

라콘은 그 뱀들이 평범한 물뱀들이라서 결코 뭍으로 오를 수 없음을 알았다. 그리하여 그는 물뱀들에게 제물을 건네기 시작했다. 날래고 빠른 물뱀들이 해변으로 향했다. 그런데 라콘의 생각과는 달리 뱀들의 머리가 높이 공기를 박차며 모래사장으로 오르고 있었다. 라콘은 그전에 위험을 느껴 제단에다 진흙으로 만든 제물을 바쳤었다.

다음 순간 뱀들은 희생양을 정했다. 뱀의 제물로 선택된 사람들은 온몸이 휘감기며 목이 졸리고 있었다. 제물이 된 주인공은 다름 아닌 라콘과 두 아들이었다. 그들은 자신들이 만든 제물처럼 뱀들에게 바쳐졌다.

희생양을 요리한 뱀들은 미끄러지듯 제 갈 길을 가고 있었다. 뱀들은 그리스인들이 바위에다 새긴 아테네 사람의 형상을 그려 넣은 바위 속으로 사라지고 있었다.

이 광경을 멀리서 보고 있던 트로이 사람들은 급격한 공포감에 할 말을 잃고 멍청히 서 있었다. 다음의 희생양이 누가 될지는 아무도 모르는 일이었다.

마침내 뱀들은 그들의 시야에서 완전히 사라져버렸다. 숨 죽여 서 있던 사람들은 심호흡을 하며 다시 용기를 내었고 몇몇 사람들이 소리를 쳤다.

"자. 보아라, 아테네의 위대함을. 목마를 능욕하며 창을 던진 사람이 잔인하게 죽어가는 모습을 보았는가? 더 이상의 희생자가 없기를 바란다. 그 누구라도 우리의 운명을 방해하는 사람이 있다면 그 즉시 지금과 같은 제물이 될 것이다."

그러자 한 예언자가 말했다.

"우리의 수호자이신 아테네여, 감사드립니다. 현명하고 친절한 아테네여! 우리 빨리 저 목마를 끌고 성으로 들어갑시다. 목마를 보호함은 당연한 일입니다. 우리, 어서 트로이의 영원한 복락을 위해 힘을 씁시다!"

공포의 시간들은 잊혀졌다. 모든 이들의 생각은 한결 같았다. 긴 줄들이 목마의 목과 네 발에 걸렸다.

남자들은 괭이와 도끼를 들고 목마가 지나갈 수 있도록 길을 다듬었다. 그리고 목마가 걸리지 않도록 부지런히 성벽을 허물고 있었다.

성 안에서 제일로 질긴 줄들이 모두 동원되어 목마의 몸 전체에 거미줄을 치고 있었다.

사람들은 목마의 움직임에 걸림이 없도록 최선을 다했다. 그 누구도 게으름을 피우는 사람은 없었다.

4. 역사 속으로

드디어 거대한 목마가 움직이기 시작했다. 해안가로부터 사람들의 함성이 울려 퍼지고 있었다. 그 함성은 온 성과 외곽에서도 선명히 들렸다. 목마가 움직일 때마다 삐걱거리는 큰 바퀴의 소음이 들렸다. 모든 사람들이 땀을 흘리며 전력으로 목마를 끌어가고 있었다.

목마는 천천히 그들이 바라는 대로 축복을 내리면서 성 안으로 들어섰다. 이미 주위는 어둠이 깔렸다. 그제야 사람들은 목마에게서 손을 놓으며 걸려 있던 줄들을 걷어냈다. 그렇게 목마는 아테네 사원에 자리를 잡게 되었다.

흠뻑 땀을 쏟으며 일을 한 사람들은 평온한 마음으로 지친 몸을 쉬기 위해 잠자리로 향했다. 호위대장이 시논을 불렀다.

"내 친구여, 우린 오늘 아주 멋진 하루를 보냈소. 아테네의 목마는 이곳에 영원히 자리를 하게 될 것이오. 이제 트로이는 행복이 보장된 셈이지. 땀 흘리며 기쁨을 찾아 노동을 했던 사람들은 자신들의 집으로 돌아갔소. 이 밤부터는 10년간의 전쟁의 공포에서 해방되어 가장 안락한 밤을 보내게 될 거요. 적의 공포로부터 해방된 것이지."

사방에서 서로를 격려하는 목소리가 퍼져 나오고 있었다. 트로이는 그야말로 축제의 밤이었다. 하지만 그 소리들은 지속되지 않았다.

이제 성 안은 완전히 어둠으로 덮여졌다. 그야말로 칠흑 같은 밤이었다. 거리도 텅 비어 있고 오로지 아테네의 목마만이 음산한 분위기를 풍기며 사원 안에 버티고 서 있을 뿐이었다.

한밤중이 되자 한 사람이 은밀하게 몸을 숨기며 사원을 벗어나 성벽으로 길을 내고 있었다. 한 손에는 타르 바구니가 들려져 있었다. 다른 한 손에는 횃불을 들고 있었다. 그는 사방을 경계하며 성벽 꼭대기로 기어올랐다. 그리고는 이것저것 장치를 한 후 뭔가를 기다리고 있었다.

성 안의 모든 것들이 칠흑 같은 어둠에서 벗어나 희미하게 보였다. 달은 세상을 가까스로 분별할 수 있게 빛을 허락했다. 모든 집들의 지붕들이며, 광범위한 성벽들이며, 잔잔한 바다 모두를 달빛은 자신의 품으로 끌어들이고 있었다. 세상은 달빛의 소유가 되었다. 달의 부드러운 빛 속으로 녹아들고 있었다.

벽 쪽에 있던 사람은 굳은 표정으로 바닷가를 바라보았다. 어둠의 저편 수평선 위로 물살을 헤치며 급히 움직이는 물체들이 보였다. 그것은 수천 척의 배들이었다. 검은 선체와 노였다. 수만 명이 노를 젓고 있었다.

작전에 능한 그리스인들은 집으로 돌아간 것이 아니었다. 어리석게도 트로이 사람들은 그들의 작전을 알 수 없었다. 그대로 속아버린 것이다. 그들은 테네도스 섬에서 하루 동안 잠복하고 있었을 뿐이었다. 갈대 뒤쪽 물가에 몸을 숨겼던 것이다. 그렇게 숨어 있던 그들은 얼마 후 다시 배를 끌어다 자신들이 있던 막사로 이동해왔다. 그렇기에 벽 꼭대기에서 뭔가를 기다리고 있던 사람은 작전 모두를 이해할 수 있었다.

그는 조심스럽게 바구니에 담겨져 있는 타르 덩어리들을 끄집어냈다. 주위로 타는 듯한 불빛들이 번지기 시작했다. 그 빛들은 성벽의 외곽상황을 그대로 보여주고 있었다. 그 빛은 그곳에 있는 사람의 얼굴에서도 보였다. 그의 눈빛은 붉게 충혈되어 있었다. 그의 얼굴은 심한 상처로 부어 올라 있었고 거의 절반가량의 귀가 잘려 있었다. 그는 바로 시논이었다.

불빛들은 모든 배를 보여주었다. 그것을 본 시몬은 재빨리 그곳을 내려왔다. 그리고 곧바로 큰 목마가 서 있는 조용한 달밤의 사원으로 뛰어나갔다. 그는 지니고 있던 조그만 칼로 목마의 다리를 세 번 쳤다. 그러자 곧바로 목마 안에서 덜그럭거리는 갑옷소리가 울려나오기 시작하며 목마의 가슴 부분이 열렸다. 순간 반짝이는 투구를 쓴 병사들의 머리가 보이기 시작했다.

"모든 게 잘된 거야, 시논?"

그윽한 목소리가 울려나오고 있었다.

"암, 모든 게 잘됐지. 율리시즈, 우리의 배들이 지금 해안에 정박해 있어. 지금 우리 병사들이 행군하고 있단 말이야. 어리석은 트로이 놈들은 지금 다들 곯아 떨어져 있겠지."

사다리가 내려지고 율리시즈가 지상으로 내려왔다. 다른 40여 명의 훈련된 병사들이 그를 따라 몸을 던졌다. 그들은 새 세상을 만난 듯 반갑게 숨을 고르고 있었다.

"그런데 시논, 정말 몰골이 말이 아니군! 정말 보기가 끔찍하다네. 트로이 놈들이 그렇게 만든 거야? 정말 잔인한 놈들이군!"

율리시즈가 친구의 몰골을 보면서 분을 참고 있었다.

"그들은 나를 미워했지만 이렇게 만들지는 않았지. 내가 작전을 위해 그런 거야. 더 유리하게 우리 작전을 설명하기 위해, 놈들을 속이기 위해 내 몸을 좀 사용했지."

"이해하네, 시논. 사람들은 내가 계략의 명수라 말하지만 그건 자네를 위해 있는 말이라네. 마침내 모든 작전들이 마무리를 보게 되는구먼! 나를 따르게나, 내 친구여. 불을 피우고 놈들의 멸망을 위해 칼을 들자고. 세상 누구보다 귀한 내 친구여!"

트로이 사람들은 꿈꾸던 평화를 포기하고 눈을 떠야만 했다. 그것은 곧 멸망이었다. 그리스 병사들의, 승리의 함성이 울려 퍼지고 있었다. 또한 멸망을 맞이하는 슬픈 운명의 사람들이 그 자리에 교차되고 있었다.

이렇게 장기간 대치되었던 포위전은 끝이 났다.

today's best word

세상에서 가장 힘든 일은, 모든 사람들이 생각하지 않고 말하는 것을, 생각하면서 말하는 것이다.

— 알랭

부통령의 겸손

존 애덤스가 대통령이었을 때 토마스 제퍼슨이 부통령으로 있던 미국에서의 일이다. 그 당시는 세상 어느 곳이나 철도 시설이 전혀 갖추어지지 않았을 때였다. 그러니 사람들이 여행을 다니기가 보통 힘든 일이 아니었다. 큰 도로와 매끄러운 고속도로가 나 있는 현재와는 비교도 되지 않았다.

만일 어떤 사람이 볼일이 있어 다른 도시로 가게 되면 이동 수단은 오로지 걷지 않으면 말을 타는 것이었다. 말을 탈 때도 운동복 대신 그저 평범한 옷을 입을 수밖에 없었고 말안장에 커다란 가방을 매달고 다녀야 했다.

요즘처럼 좋은 자동차의 안락함에 의지해 여행하는 것이 아니라 진흙과 바람에 노출된 채 가지 않으면 안 되었다. 여행객의 몰골은 그야말로 물에 빠진 지저분한 생쥐 꼴이 되는 것이 당연했다.

어느 날 발트모어의 한 모텔 안에서 사람들이 편안히 앉아 밖을 내다보고 있었다. 그때 지저분하기 그지없는, 말을 탄 사람 한 명이 모텔 쪽으로 다가오고 있었다. 그 어떤 여행객들보다 더 지저분한 모습이었다.

말을 탄 그는 아주 천천히 들어섰다. 그와 말은 진흙과 먼지로 도배를 하고 있어 얼굴조차 알아볼 수 없었다.

"저기 웬 가죽만 남은 바다거북 같은 늙은 농부가 오고 있군. 지금 막 개척지에서 땀을 흘리다 온 모습이야."

한 사람이 말을 탄 사람을 비웃자 다른 사람도 맞장구를 쳤다.

"정말 고생깨나 한 모습이군. 저런 사람을 받아줄 모텔은 이곳에 없을 걸."

"맞아, 만약 천사들이 살고 있는 곳이라면 모르지만."

이윽고 여행객이 다가왔다. 평범한 옷차림의 그는 갈색의 머리에 먼지를 뒤집어쓰고 있어 얼굴은 그야말로 진흙 세수를 한 모습이었다. 그 누가 봐도 그의 모습은 힘든 일을 마치고 돌아온 숲의 개간꾼 같아 보였다.

그가 자신을 비웃는 모텔 주인에게 방을 달라고 했다.

"방 하나만 좀 주시겠소? 힘든 길을 와서 좀 쉬고 싶군요."

편의시설이 제대로 갖추어진 일급 모텔임을 자랑하던 주인이었다. 주인은 당연히 꺼릴 수밖에 없었다. 주인은 지저분한 나그네에게 핑계를 댔다.

"미안하지만 모텔에 방이 없습니다. 물론 하나는 있지요. 바로 헛간입니다."

그를 쫓아내고 싶은 주인은 그 말을 듣고 나그네가 돌아설 줄 알았다. 하지만 나그네는 그 헛간도 좋다고 했다.

"그러면 거기라도 주십시오. 일단 좀 쉬고 싶으니까요. 나를 찾는 사람이 물으면 모텔 헛간에 있다고 전해 주시오."

이 말을 마친 나그네는 말을 타고 헛간으로 갔다.

그렇게 한 시간쯤 지난 후 정장을 한 신사가 모텔 안으로 들어서며 말했다.

"제퍼슨 씨를 만나러 왔소."

그 말을 들은 주인은 침을 꼴깍 삼키며 몸을 일으켰다.

"아니 선생님, 제퍼슨 씨라니요?"

"제퍼슨 씨를 모르시오? 미합중국 부통령 말이오!"

"알다마다요. 그분이 이곳으로 오신답니까? 하지만 우리 모텔에는 오시지 않았습니다."

"아니오, 그분은 분명 여기서 기다린다고 하셨소. 잘 생각해보시오. 시간상으로 지금쯤 이곳에 충분히 도착하셨을 거요. 이미 한 시간 전에 도착했다는 소식을 들었단 말이오. 어서 안내하시오."

"아닙니다. 절대로 그런 분은 오시지 않았습니다. 그분이 오셨다면 왜 제가 이렇듯 한가하게 이곳에 있겠습니까? 물론 그 시각에 한 사람이 모텔 안으로 들어오긴 했지요. 그러나 그 사람은 허드렛일을 하는 늙은 노인입니다. 진흙으로 목욕한 모습을 보니 아마도 숲 개간지에서 품삯을 받고 일하다 지나던 길이겠지요. 맹세코 그 사람밖에는 없었습니다."

"그분의 머리가 갈색이 아니오? 그리고 회색 말을 타셨고?"

"예, 그 농부는 키가 매우 큰데다가 그런 모습을 하고 있기는 했지요."

"여보시오 주인장, 그분이 바로 제퍼슨 부통령이오."

그 말을 들은 주인은 펄쩍 뛰었다.

"맙소사! 그분이 바로 부통령이라니요? 어서 모셔오겠습니다."

주인은 바로 옆에 있던 종업원에게 어서 서둘 것을 재촉했다.

"특실에다 불을 지피고 최고급 음식을 준비해. 그나저나 내가 무슨 얼굴로 그분을 뵐 수 있단 말인가!"

헛간으로 달려간 주인은 제퍼슨이 그곳에 없음을 알았다. 주인은 부리나케 모텔을 빠져나와 다른 모텔을 뒤지기 시작했다. 분명 다른 모텔에서 그를 받아주었을 것이다.

잠시 후 주인은 다른 모텔 객실에 앉아 있는 부통령을 발견할 수 있었다. 주인이 그 앞에 무릎을 꿇었다.

"부통령님, 저의 실수에 용서를 구하며 이렇듯 다시 모시러 왔습니다. 고귀하신 부통령님 모습이 그만 진흙과 먼지로 가려져서 도저히 알아볼 수가 없었습니다. 정말 비천한 농부로밖에 생각하지 않을 수 없었습니다. 다시 한 번 용서를 구합니다. 지금 모텔로 가시게 된다면 세상 제일의 서비스를 받으실 수 있습니다. 모든 준비를 마쳤으니까요."

제퍼슨이 주인을 바라보며 한마디 했다.

"아니오."

"죄송합니다. 다시 한 번 생각해주십시오."

"이 보시오, 주인장. 농부들은 그 어떤 사람들보다 고귀한 사람들이오.

그곳에 농부들을 위한 방이 없다면 내가 쉴 방도 없는 거라오. 그러니 그 모텔에는 내가 쉴 곳이 없다는 얘기요. 어서 가시오."

루이 14세와 석탄 장수

오래전에 프랑스에서 있었던 일이다.

파리 근교에 재코라는 가난한 석탄 장수가 살고 있었다. 그의 집은 아주 작았으므로 방이 한 칸밖에는 없었다. 그럼에도 재코와 식구들에게는 그리 좁은 공간이 아니었다. 재코와 그의 아내, 두 아들은 나름대로 좋은 집에서 산다고 여겼기에 전혀 불편함이 없었다.

방 한구석으로는 큰 벽난로가 자리하고 있었다. 그곳에서 두 아이의 엄마가 요리를 했고, 다른 쪽 구석으로는 침대가 자리하고 있었다. 방 중앙으로는 탁자와 식탁이 놓여 있었고 그 둥근 탁자가 의자를 대신하고 있었다.

재코가 하는 일은 석탄을 캐다가 도시의 부자들에게 파는 일이었다.

재코는 매일 큰 바구니에 석탄을 가득 담아 어깨에다 짊어지고는 도시에 사는 고객들에게 배달해 주었다. 때로는 그의 아내와 함께 왕이 살고 있는 궁전으로 서너 개의 석탄 바구니를 전해주기도 했다.

어느 날 재코가 밤이 늦도록 돌아오지 않았다. 그의 아내와 아이들은 식탁에 둘러앉아 지친 모습으로 그를 기다리고 있었다. 식탁에는 저녁상이 차려져 있었지만 그 누구도 식사를 하지 않았다. 집안의 가장과 함께 식사를 하는 것은 예전이나 지금이나 마찬가지였다.

배고픔에 익숙한 아이들이었지만 그날따라 늦는 가장의 귀가로 인해 무척이나 허기져 보였다. 기다림에 지친 아이들 중 큰아이인 샤롯이 말했다.

"밥이 식은 지 이미 오래됐어."

브론더라는 동생이 형의 말을 받았다.

"정말 왜 이렇게 늦으시는 거지, 우리 먼저 먹을 수도 없고."

"당연하지. 늦더라도 아버지와 함께 식사를 해야지. 좀 더 기다리자."

지쳐 있는 아이들을 바라보며 어머니가 아버지의 사정을 말해주었다.

"애들아, 오늘 밤 궁궐에서 큰 잔치가 벌어지고 있단다. 그래서 석탄을 대시느라 늦으시는 것 같구나."

"궁궐에서 잔치가 열린다고요?"

"그래, 그곳에는 멋진 음악이 연주되고 예쁜 무희들이 춤을 춘단다. 근사한 사람들이 멋진 옷을 입고 연회에 참석하기에 주방이 몹시 바쁘지 않겠니? 아버지는 거기에서 그들을 돕고 있는 게 분명해. 그 사람들이 추워하면 안 될 테니까. 그 일이 바로 아버지의 몫이란다. 그러니 조금만 더 기다리자꾸나."

다행히도 잠시 후 밖에서 아버지의 목소리가 들려왔다.

"얘들아, 빨리 불을 지펴야 하겠다. 마른 장작을 많이 집어넣어 활활 지펴야 한다."

아버지의 말을 들은 아이들은 즉시 일어나 난롯불을 켰다. 방 안 가득히 불꽃 냄새가 피어오르며 따스함이 밀려왔다.

그러나 아이들은 이상한 광경을 목격하고 말았다. 아버지의 팔에 분명한 사내아이가 안겨 있었기 때문이었다. 그 모습을 보고 놀란 것은 아이들이 아닌 어머니였다.

"맙소사! 여보, 이게 웬일이에요? 대체 그 아이는 누구지요?"

아이의 얼굴은 매우 창백해 있었으며 눈동자가 굳어져 있었다.

"아니, 도대체 무슨 일이에요? 어디서 아이를 안고 온 거예요?"

"여보, 내가 자초지종을 얘기해 줄게. 우선 이 아이를 살려야 되니까 얼른 따스한 담요를 가져다 덮어주고 좀 재웁시다. 지금은 그게 제일이라오."

아내는 그제야 가만히 아이의 얼굴을 들여다보았다.

"정말 예쁜 아이군요!"

아이의 얼굴에 감탄을 하면서 여인은 급하게 남편의 말에 따랐다. 샤롯과 브론더도 당황해하면서 부모가 남모르는 아이의 옷을 벗기는 모습을 바라보았다.

아이가 입고 있던 옷은 어머니에 의해 세탁되었다. 그 옷은 이제까지 한 번도 직접 본 적이 없는 훌륭한 옷이었지만 진흙탕에 너무 더러워져 있었다.

"아이에게는 마른 옷이 필요하단다. 샤롯, 얼른 일요일에 입는 네 나들이 옷을 가져오너라."

부모가 서두르자 아이들도 마음이 급해져 부산히 움직였다. 어머니의 말이 끝나자마자 샤롯이 얼른 옷을 가져왔다.

"어머니, 여기 있어요."

잠시 후 아이는 따뜻한 옷을 입게 되었다. 부드러운 담요가 아이의 몸에 덮여 침대에 눕혀졌다.

이윽고 새파랗게 질려 있던 아이가 드디어 원래의 모습으로 회복되고 있었다. 본래의 뺨 색깔로 돌아와 눈동자가 서서히 움직이기 시작했다. 아이의 동공이 확대되었다.

"지금 내가 있는 곳이 어딘가요?"

재코가 미소를 건네며 말했다.

"안심해라, 어린 친구! 여기는 우리 집이란다."

그 말을 들은 아이는 단박에 조소를 흘렸다.

"내가 어린 친구라고?"

아이는 벽난로와 거친 식탁, 의자들을 아주 낯설게 바라보았다. 아이가 다시 어이가 없다는 듯 말했다.

"정말 좁은 집이군요. 내 생각에는 이 집은 너무 가난한 것 같아요."

"미안하구나! 아가야, 이곳이 맘에 안 드는 모양이지? 하지만 난 너를 돕지 않을 수가 없구나. 당분간 너는 이곳에 있어야 한단다. 몸이 회복될 때까지는 말이야."

"어떻게 이 옷을 내게 입힌 거지요? 이건 내 옷이 아니에요. 당신은 내 옷을 빼앗고 이런 형편없는 옷을 입힌 거지요?"

아이가 앙탈을 부렸다.

"뭐라고? 내가 네 옷을 훔쳤다고?"

그 말을 들은 재코가 화를 내었다.

"그걸 말이라고 하니? 그럼 넌 작은 악당인 게야."

재코가 화를 내자 그의 아내가 침착하게 그를 말렸다.

"진정해요, 여보! 저 아이는 너무 어려서 자신이 무슨 말을 하는지도 모르고 있어요. 아이들은 너무 솔직해서 탈이지요. 그걸 이해해야 해요. 조금 있으면 아이도 제 모습을 찾을 수 있을 거예요."

아이는 정말 피곤해했다. 그래서 더욱 짜증이 났던 것이다. 곧 아이의 눈이 감기더니 이내 잠이 들어버렸다. 아이가 잠들어 버리자 갑자기 집안이 조용해진 것 같았다. 이때 샤롯이 물었다.

"아버지, 말씀 좀 해주세요. 저 아이를 어디서 발견하신 거지요? 어디서 데려오신 거예요?"

아버지는 난롯가에 앉아 두 아이를 앉혔다. 그 옆으로 아이들의 엄마가 다리를 구부리며 앉았다.

"저 아이를 어디서 데려왔는지 말해야겠지. 나도 피곤한 하루였어. 궁전의 주방으로 재빨리 석탄을 배달하고 집으로 오려 했었지. 지리를 잘 알고 있던 나는 빨리 집에 가고픈 생각에 궁전의 지름길로 달려왔단다. 너, 왜 그곳에 있는 샘물을 알고 있지?"

"그럼요, 잘 알고 있지요. 그 샘은 궁전의 바로 앞에 있지요?"

브론더가 아버지의 말에 대꾸했다.

"그래, 잘 알고 있구나. 그래서 난 바삐 그곳을 가로질러가고 있었단다. 그런데 갑자기 뭔가가 샘에 빠지는 소리가 들리지 뭐냐. 난 놀라서 그곳으로 달려갔지. 그곳에는 아이 하나가 빠져 있더구나. 나는 얼른 아이를 샘물에서 꺼내 밖으로 데리고 나왔단다. 꼬마는 거의 물에 빠져 죽을 뻔했지."

"걔가 다른 말은 하지 않던가요?"

샤롯이 아버지에게 물었다.

"아니, 아무런 말도 없었단다. 아이는 의식이 없었으니까. 나는 아이가 물에 빠져 죽어가고 있다는 것을 알 수 있었지. 나는 급히 아이를 안고 궁전 주방의 큰 난로 쪽으로 뛰어갔단다. 하지만 주방장은 나와 이 아이를 그곳으로 들여보내지 않았지. 우리는 결코 그곳에 들어갈 수 없다고 하더구나. 주방장은 아이를 내 아이들이나 조카쯤으로 알고 있었던 거야. 그래서 궁궐로 들여보낼 수 없다는 거였지. 상황을 눈치 챈 나는 작기는 하지만, 그래도 따뜻하게 품어줄 우리 집을 생각해냈지. 나는 어떡하면 이아이의 의식을 다시 돌릴 수 있을까만을 생각했단다. 난 아이를 내 품에 안고 부지런히 우리의 보금자리로 달려온 것이란다. 비록 누추하지만 이아이가 살아날 곳은 우리 집밖에 없을 테니까 말이다."

"가여운 아기구나, 어쩌다 그렇게 되었을까?"

재코의 아내가 아이를 바라보며 말했다. 다시 인정 많은 브론더가 아이를 위로하듯 말했다.

"하는 수 없군요. 이 아이는 이제 우리의 형제가 되어야 하겠지요."

두 소년이 아이에게 다가가 포근히 손을 감쌌다. 그 온기가 아이에게도 느껴지는 것 같았다.

얼마 후 아이가 깨어났다. 의식을 완전히 회복한 아이는 한눈에도 건강해 보였다. 아이는 주위를 두리번거리며 살펴보았다.

"얘야, 엄마를 찾고 있니? 내가 보기에는 네 엄마가 너에게 무심했나 보구나. 엄마가 어디에 살고 있는지 말해보렴. 우리가 네 엄마에게 데려 다줄 테니까."

재코의 부인이 아이에게 미소를 건네며 말했다.

아이는 침착히 말했다.

"너무 신경 쓰지 마세요."

"그래도 엄마가 너를 찾을 거 아니겠니?"

"차라리 엄마가 나를 찾게 내버려 두세요. 우리 엄마는 절대로 나를 걱정하지 않는 사람이에요. 엄마는 한결같이 제게 그렇게 대하니까요. 절대로 내 말을 들어주지 않는 사람이에요."

"뭐라고? 네가 친아들인데도 네 말을 들어주지 않는다고?"

"예, 그래요. 그리고 엄마는 항시 시종들에게 저를 맡기지요."

시종이란 말이 나오자 재코가 다급히 아이에게 물었다.

"너를 시종들에게 맡긴다고? 그래, 나도 그렇게 생각하고 있단다. 아무래도 그들이 너를 물에 빠뜨린 것 같구나. 너는 그곳에서 죽을 뻔했단다. 내가 구해주지 않았다면 말이다. 그러나 이제는 안심하려무나. 넌 이곳에 안전하게 있으니까 말이야. 아가야, 어서 우리랑 저녁을 먹자꾸나."

이제 그들은 조그마한 식탁에 옹기종기 모여앉아 저녁을 먹게 되었다.

재코의 부인은 아이들에게 조그마한 나무로 만든 숟가락과 접시를 놓아주었고, 재코는 거칠고 메마른 갈색 빵을 잘라서 나눠주었다.

하지만 어린 손님은 아무것도 먹을 수가 없었다. 그냥 어색하게 식탁에 앉아 있을 뿐이었다. 그 모습을 본 가족들이 아이에게 근심스레 말했다.

"얘야, 아무래도 네 엄마 얘기를 좀 더 자세히 해줘야겠구나. 우리들이 알아들을 수 있게 말이다. 너의 안전을 위해서라도 네 엄마 얘기를 해주렴."

"물론이죠. 엄마는 이 사실을 알게 되면 기뻐할 거예요. 이제는 엄마가 더 이상 저를 귀찮게 하지 않아도 될 테니까요. 매일 밤 그랬던 것처럼요."

어린 꼬마의 말을 들은 재코의 아이들이 물었다.

"얘, 네 엄마는 우리 엄마 같지 않니?"

"우리 엄마는 아주 예뻐!"

"그래도 우리 엄마가 낫다. 우리 엄마는 예쁘지는 않아도 얼마나 친절한데. 우리 엄마는 매일 우리들을 위해 뭔가를 해주려고 애를 쓰시지. 그 사실을 아는 우리들은 말도 잘 듣고 항시 기쁘게 살고 있단다."

"우리 엄마도 좋은 게 하나 있어. 나에게 좋은 옷과 그 밖에 많은 돈을 쓰고 있으니까 말이야."

"야, 그것 참, 근사하게 들린다. 그렇지만 돈만 많이 쓴다고 좋은 엄마가 되는 것은 아니지."

샤롯이 빈정대며 말했다.

"하지만 그것은 아무것도 아니야. 엄마는 내 곁에 있지 않고 시종들만이 내 말에 의해 움직이는걸. 그것같이 따분한 일도 없는 것 같아."

"그럴 테지. 우리 엄마는 항상 우리들 곁에서 시종보다 더욱 우리를 잘 돌보고 있으니까, 우리는 지루해할 시간이 없어."

재코와 그의 부인은 어린 손님과 아이들의 얘기를 아무 말도 없이 듣고만 있었다.

그때 밖에서 시끄러운 소리가 들려왔다. 식탁에 둘러앉아 있던 가족들이 몸을 일으켜 창 쪽을 바라보았다. 그와 동시에 노크소리가 들렸다.

재코가 문을 열자 문 밖에 서 있던 사람이 다그치듯 물었다.

"이곳이 재코란 사람의 집이냐? 석탄 장수 말이다."

그를 본 어린 손님이 아이들에게 조그맣게 속삭였다.

"저 사람이 바로 내 가정교사야. 나를 따라온 게 분명해."

어린 손님은 급하게 몸을 숙이며 식탁 밑으로 숨었다.

"내가 여기 있다고 말하지 마. 부탁이야."

어린 손님이 속삭였다.

잠시 후 좁은 방 안은 정장을 한 신사들로 가득 찼다. 그들의 의복은 말끔했고 어떤 사람은 검을 차고 있었다. 대장으로 보이는, 큰 칼을 찬 사람이 방 안을 둘러보며 그의 부하들에게 말했다.

"다시 한 번 상황을 말해 보아라."

부하 한 명이 또렷하게 말했다.

"약 두 시간 전, 궁전 앞 샘물가를 지키고 있었습니다. 그때 제가 잘 알고 있던 이 석탄 장수가 아이를 팔에다 안고 급히 뛰어나갔습니다."

이 말을 들은 대장이 재코를 바라보며 물었다.

"네가 석탄 장수냐? 아이는 어디에 있는 게냐?"

"나는 여기 있다!"

그 말을 듣고 있던 아이가 소리치며 숨어 있던 식탁 밑에서 기어 나왔다.

"나는 여기 있다!"

그 모습을 본 대장이 허리를 구부리며 말했다.

"어이구, 폐하! 여기 계셨군요. 폐하를 찾으러 우리는 두 시간 동안이나 헤매고 다녔습니다."

"그럴 필요가 없었는데……. 나는 여기 잘 있으니까 염려하지 마라, 카디날 마자린!"

재코의 집안사람들은 상상도 할 수 없는 행동을 어린 꼬마가 너무도 자연스레 연출하고 있었던 것이다.

"하지만 폐하, 지금 어머님이 큰 걱정을 하고 계십니다. 저희들도 아주 곤란한 입장입니다."

"그 점에 대해서는 너희들에게 미안하구나. 어머님에게도 근심을 끼쳐드려서 죄송하고. 하지만 난 정말 그때 죽는 줄 알았다. 곧장 샘물 밑으로 떨어졌으니까. 그러나 하늘의 도움으로 재코라는 이 사람이 나를 발견하고 천사처럼 내 목숨을 지켜주기 위해 이 집으로 데리고 온 것이다. 난 누구보다 융숭한 이들의 대접을 받았다."

"그렇습니까, 폐하? 하오나 당장 저와 함께 궁궐로 돌아가셔야 합니다. 이곳은 폐하께서 머무실 곳이 못 됩니다."

"너희들의 마음은 이해하지만 좀 기다려야겠구나. 나는 내가 궁궐로 돌아가고 싶을 때 가고 싶다."

"폐하, 지금 어머님께서 노심초사하며 기다리고 계십니다."

"물론 그러시겠지. 어머님이 화가 많이 나셨으리라는 것도 알 수 있을 것 같다. 분명 나는 궁궐로 돌아가야지. 단지 나는 내가 어려울 때 진심으로 도와준 이들과 좀 더 시간을 보내고 싶을 뿐이야. 이들에게 은혜를 갚아야만 하겠지?"

"폐하는 분명 이들을 도우실 수 있을 겁니다. 부디 그렇게 하시지요, 폐하!"

아이가 몸을 돌려 석탄 장수에게 향했다.

"내 친구여, 나는 프랑스의 왕이라오. 루이 14세지. 나는 진심으로 그대가 베풀어준 은혜에 감사하고 있다오. 그 보답으로 나는 그대에게 상당한 돈을 줄 것이며 아이들이 얼마든지 공부할 수 있도록 배려할까 하오."

재코의 식구들은 모두들 정신이 나간 상태였다. 조금 전 자신들과 어수룩하게 이야기하고 있던 아이가 갑자기 갑옷을 입은 큰 전사가 된 것 같았다.

재코는 얼른 몸을 숙여 어린 왕의 손에 키스를 했고, 모든 식구들은 고개를 조아렸다. 재코의 키스를 받은 어린 왕은 몸을 돌려 자신의 부하들에게 말했다.

"이제 준비가 되었으니 어서 궁궐로 돌아가자."

"아니, 폐하! 그 옷을 입은 채로 궁궐로 가신단 말씀입니까?"

신하들은 어린 왕이 입고 있는 낡은 옷에 무척 신경이 쓰이는 모습이었다. 이 집 아이들이 아무리 귀하게 여겨 일요일에만 입는 외출복이라 해도 왕에게는 도저히 어울릴 수 없는 옷이었다.

어린 왕이 그들을 향해 고개를 쳐들며 질문했다.

"왜 이 옷이 안 된다는 거지?"

"이 옷을 입고 있는 모습을 본 어머님이 거지 옷을 입고 있다고 야단을 치실 것 같기 때문입니다. 이 모습을 본 모든 사람들이 똑같은 얘기를 할 것입니다."

"상관없는 일이다. 그 누가 뭐라던 나는 이 옷을 내가 이제까지 입었던 그 어떤 옷보다 제일 편하게 입었다. 절대로 바꿔 입을 생각이 없어."

이렇게 말을 하면서 어린 왕이 방문을 나서려다 말고 샤롯을 살짝 바라보았다.

"내일 바로 왕궁으로 와, 이 옷을 돌려줄 테니까. 대신 너는 내 옷을 입게 될 거야. 내일까지 안녕! 나의 친구야."

어린 왕이 살짝 눈짓을 하면서 밖으로 나갔다.

루이 14세는 다섯 살의 나이로 프랑스의 왕이 되었다. 그가 14세로 불리게 된 까닭은 13명의 선조가 있었기 때문이었다.

이 이야기는 아직까지도 루이 14세에 대한 일화로 전해지고 있다.

today's best word

유감없이 보낸 하루는 즐거운 잠을 가져다준다. 잘 보낸 일생은 편안한 죽음을 가져다준다.

— 다빈치

프레드릭 대왕

오래전에 프로이센에 프레드릭이라는 왕이 있었다. 그는 매우 용감하고 지혜로운 왕이었다. 그리하여 사람들은 그를 프레드릭 대왕이라 칭했다.

아무리 현명하고 용감한 왕이라 해도 다른 왕들처럼 프레드릭 대왕도 훌륭한 궁궐과 능력 있는 신하들을 거느리며 살고 있었다.

수많은 신하 중에 칼이라는 어린 시종이 있었다. 칼의 업무는 왕의 침실 밖에서 항시 대기하며 왕의 일거수일투족을 제일 먼저 보필하는 임무였다.

어느 날 왕은 밤늦게까지 편지를 쓰고 있었다. 매우 긴요한 편지였는지 밤을 새워 편지를 썼고, 칼은 왕의 시중을 들며 부지런히 사방을 오가고 있었다.

항시 왕의 곁에서 대기하고 있던 칼은 왕이 자신을 부르는 소리인 작은 종소리가 울리면 달리기 선수처럼 왕에게 튀어나갔다.

그렇게 함께 밤을 새운 왕과 칼이었다.

잠깐 눈을 붙인 다음 날 아침 일찍 왕은 칼을 불렀다. 그러나 여러 번 작은 종을 울려도 칼이 달려 나오지 않았다. 일찍이 한 번도 그런 일이 없었던지라 왕은 칼이 걱정되어 몸을 일으켰다.

"충실한 칼은 한 번도 내 종소리를 못 들은 적이 없었다. 분명 칼에게 무슨 일이 일어난 것이다."

왕은 문을 열고 칼이 대기하고 있던 장소를 바라보았다. 그곳이 바로 칼의 자리였다. 밤새 왕의 심부름을 하느라 그만 휴면(休眠) 시간을 놓쳐 버린 칼은 세상모르게 그곳에 웅크린 채 잠을 자고 있었다.

칼은 도저히 일어날 수 없을 것 같았다.

왕은 칼의 몸을 심하게 흔들며 깨우려 했다. 그러다가 우연찮게 칼이 읽고 있던 편지를 발견했다. 왕은 무슨 내용인가 궁금하여 읽어보았다. 그 편지는 칼의 어머니가 어린 자식에게 보낸 편지였다.

"사랑하는 칼, 너는 정말 훌륭하구나. 네 급료를 꼬박꼬박 한 번도 빠뜨리지 않고 집으로 보내주어 우리 식구가 살아갈 수 있단다. 그 돈으로 네 어린 동생들에게 따뜻한 옷을 사 입히고, 간식까지 사줄 수 있어 얼마나 다행인지 모르겠다. 하지만 어미로서 혼자 동떨어져 고생하고 있는 너를 생각하면 가슴 아프기 한량없단다. 우리 식구가 나중에 같이 모여 행복하게 살날을 고대하며 이만 줄일까 한다. 신이 너를 항시 보살펴 주실 것이니, 네 임무인 대왕님께 충성을 다해라. 이만 줄인다."

편지를 읽은 왕은 살금살금 방으로 돌아가 금화 열 닢을 종이로 포장했다. 다시 방을 나온 왕은 매우 조심스럽게 어린 소년의 주머니에 신속히 넣어주었다.

얼마 후 왕은 종을 크게 울려 칼을 깨웠다. 꿈속을 헤매다가 드디어 현실로 돌아온 칼은 자신이 졸았다는 생각이 들자 얼른 몸을 일으켰다. 칼이 눈을 비비며 급히 왕에게 달려가자 왕이 말했다.

"내가 보니 네가 잠깐 졸았던 것 같구나."

그 말을 들은 어린 칼은 그만 안색이 변하며 금방이라도 쓰러질 듯한 모습이었다. 자신이 크나큰 실수를 범했다고 생각한 칼은 그만 소리를 내며 울어버렸다. 체벌을 각오하고 있던 칼은 가슴 쪽이 묵직해 있는 것을 느끼고는 손으로 만져보았다. 안주머니에는 왕이 넣어준 묵직한 금화들이 어머니의 편지와 함께 봉해져 있었던 것이다. 그것을 꺼내 든 칼은 놀라움에 눈물을 머금으며 급히 머리를 조아렸다. 그 모습을 본 프레드릭 대왕이 칼에게 물었다.

"얘야, 무슨 일이 있는 것이냐?"

칼이 전율했다.

"오, 폐하! 저에게 자비를 베푸십시오. 제가 잠이 들었던 건 확실하오나, 금화에 관해서는 절대로 모르는 일이옵니다. 이 귀한 금화는 분명 저를 음해하려고 누군가가 꾸민 음모이옵니다. 저는 아무것도 아는 것이 없사옵니다."

왕은 칼에게 미소를 지으며 말했다.

"용기를 내거라, 칼! 나는 네가 내 시중을 드느라 얼마나 고생 하고 있는지 잘 알고 있다. 사람들은 흔히들 말하고는 하지. 우리에게 행운이 오는 시간은 바로 잠을 자고 있는 시간이라고 말이야. 네게도 그런 행운이 찾아온 것 같구나. 네가 이 금화와 네가 칭찬받은 내용을 어머니에게 보내게 되면, 어머니는 분명 이 나라 왕이 너희 모자를 잘 돌봐주고 있다는 걸 금방 알 수 있을 것이다. 그것 역시 왕의 본분이 아닐까 한다. 왕은 모든 백성을 돌봐줄 수 는 없지만 최소한 바로 곁에서 가장 많은 시간을 보내는 너에게만은 좀 베풀어야 하지 않겠느냐?"

today's best word

군주는 민중으로부터 사랑받지 않아도 좋지만 원망은 받지 말아야 한다. 이는 시민들이 생명과 재산에 대한 위협 없이 안심하고 살 수 있게만 해준다면 얼마든지 가능한 것이다.

— 니콜로 마키아벨리

젊음의 샘

주안폰스디 레옹이라는 사람이 있었다. 그는 스페인 군대의 장교임에도 불구하고 상당한 부를 소유하고 있었다. 사실 그는 하이티의 동쪽 대부분을 왕으로부터 하사받은 대단한 인물이었다.

레옹은 동쪽 어느 곳에 금은보화로 둘러싸인 축복받은 땅이 있다는 것을 들었다. 인디언들은 그 땅을 보린쿠엔이라 불렀다. 바로 콜럼버스가 발견한 프로트리코라는 땅이었다.

레옹은 진실로 기뻐하며 엄청난 부를 가져다줄 프로트리코를 점령하기로 결심했다. 그 소식을 들은 스페인 왕도 매우 기뻐하며 레옹을 격려했다. 그리고 그곳에서 얻게 되는 보물을 나눠 갖자는 제의를 하며 레옹에게 프로트리코를 다스리도록 했다.

레옹은 망설임이 없는 사람이었다.

여덟 척의 배에 수백 명의 병사들이 승선을 했다. 그는 막대한 부를 건네줄 그 땅을 향해 전진하라고 명령을 했다. 그곳에 도착해 보니 원주민들과 싸울 일은 전혀 없었다. 그들은 천성적으로 친절함이 몸에 배인 사람들이었다. 그들은 백인들을 환영하며 물심양면으로 도와주었다.

그러나 레옹은 스페인에서 자신을 도와준 사람에게 자신의 방식대로 엉뚱한 은혜를 베풀었듯이 그들에게도 엉뚱한 친절을 베풀었다.

레옹은 순박한 원주민들이 가진 모든 것들을 강탈했고 그들을 노예로 삼았다. 그가 들어와 칼을 휘두르자 평화롭던 땅은 온통 슬픔과 공포, 비극밖에는 남지 않게 되었다. 원주민들인 인디언들은 바로 자신들의 집안에서 사냥을 당했다.

그렇게 수천 명이나 되는 원주민들이 레옹에 의해 참살되었고, 살아남은 인디언들은 노예로 전락하고 말았다.

레옹은 그곳에 정착을 했고 계획을 수정해 섬의 북쪽으로 훌륭한 항구를 만들어 산주안이라는 도시를 세웠다. 그 도시는 오로지 자신만을 위한 것이었다. 항구 초입에는 궁궐 같은 하얀 집을 지어 카사블랑카라고 명명했다.

레옹은 막강한 부와 명예를 지녔지만 즐겁지가 않았다. 그는 매우 거칠고 야성적으로 살았기 때문에 젊음이 너무 일찍 고갈된 것 같다는 기분이 들었던 것이다. 나이 50이 된 레옹은 비극적인 늙은이가 되어버린 느낌을 지울 수가 없었다.

어느 날 의기소침해 앉아 있던 레옹은 번개같이 스치는 것이 있어 자리를 박차고 일어났다. 젊음의 샘이 있다는 어느 노예의 말이 생각났던 것이다.

"비미니 안에는 절대 늙지 않는 우물이 있대."

레옹은 그 인디언 노예를 다시 불러 확인을 했다.

"예전에 비미니라고 했었지? 자세히 말해 봐라."

"아름다운 섬의 얘긴데요, 그 섬은 아주 먼 곳에 있습니다. 이곳에서는 아주 먼 곳이랍니다."

인디언 노예가 말했다.

"자세히 말하라."

"그곳에는 샘이 있습니다. 아주 맑은 물이 솟아나는 그 샘물은 세상에서 가장 놀랄 만한 비밀을 품고 있습니다. 그 누구든 그 물로 목욕을 하게 되면 젊어지게 되고 힘도 강해져 어떤 사람이든 자신이 누렸던 최고의 전성기로 돌아갈 수 있다는 것입니다. 그 누구도 늙지 않는 신비의 샘입니다."

"너는 그곳에 가봤느냐?"

"그렇지 않습니다. 그곳은 너무도 멀어서 저희들은 도저히 항해할 수가 없습니다. 그러나 이곳에 사는 모든 사람들은 그 샘물에 대해서 많은 얘기를 들었습니다."

레옹은 다른 인디언을 불러 그 샘물에 대해 물어보았다. 다른 인디언 역시 그 마술의 샘을 인정했다. 그 섬은 온통 꽃향기가 만발한다고 했고 멀리 북쪽으로 드리워져 있다고 했다. 예전에 어떤 사람이 카누로 그곳으로 향했지만 결국 며칠 만에 실종되었다고 했다.

레옹은 마음을 다져 그 샘물을 발견할 생각을 했다. 그는 우선 왕에게 전갈을 보내 비미니라는 곳을 정복해도 된다는 허가를 받았다.

레옹은 세 척의 배와 다수의 병사들을 동반하고 북쪽을 향해 출발했다.

그는 그 유명한 바하마의 유수한 섬들을 통과했다. 그러다가 원주민을 발견하면 걸음을 멈춰 젊음의 샘이 어디에 있는지를 물었다. 사람들은 그저 북쪽만을 가리켰다. 그들은 물어볼 때마다 조금 더, 조금 더 하고 외쳤다. 그 누구도 그 샘을 보지 못했지만 모두들 그런 말을 들어보았다고 했다.

마침내 그들이 멀리 바하마를 뒤로 했을 때 수상한 해안이 드러났다. 그 섬은 온통 꽃들로 둘러싸여 있는 듯했다.

혹시 비미니가 아닐까? 사람들은 그 누구도 입을 열지 않았다. 너무도 애타게 찾던 곳이었기 때문이었다.

해안은 북서쪽으로 매우 길게 뻗쳐 있어 레옹은 그곳이 섬이 아닌 대륙이라고 생각했다. 지금은 그곳을 꽃들의 축제라고 불린다. 이런 이유로 플라워란 말을 지어서 현재의 사람들은 플로리다라고 부르고 있다.

그곳에 도착한 레옹은 곳곳을 뒤져 샘을 발견하려고 애를 썼다. 그는 깨끗해 보이는 물이 있으면 쉬지 않고 마셔댔다. 또 수많은 샘물을 뒤져 그 물로 목욕을 했다. 그러나 그의 잃어버린 젊음은 결코 다시 돌아오지 않았다.

다시 레옹은 남쪽으로 나아가며 서쪽 해안을 뒤졌다. 플로리다 전부를 뒤졌던 것이다. 레옹은 다시 원주민들에게 물었다.

"도대체 젊음의 샘이 어디에 있다는 거냐? 모두 죽어야 말을 할 텐가?"

그곳의 인디언들은 전혀 그런 말을 들어보지 못했다고 했다. 그들은 절대로 그런 샘물은 없다고 단언했다.

이제 레옹도 지칠 대로 지쳤다. 결국 그런 샘물이 없다는 것을 확신한 그는 다시 프로트리코로 돌아왔다.

다시 9년의 세월이 흘러갔다.

레옹은 다시 플로리다를 방문했다. 아직도 그는 수상한 샘물이나 맑은 물이 보이기만 하면 미련을 버리지 못해 목욕을 하거나 물을 마셔댔다.

그러나 플로리다의 인디언들에게는 그 어떤 보물도 없었다. 그래도 그들에게는 자신들만의 보석이 있었다. 그것은 레옹이 도저히 가질 수 없는 것이었다. 바로 그들만의 용기였다. 용감한 그들은 가정을 목숨보다 귀하게 여기는 사람이었다. 레옹은 임자를 만난 것이다. 그들은 이제 결코 노예나 노리개가 되지 않았다.

그들은 마침내 레옹을 자신들의 땅에서 내쫓았다. 레옹과 그의 부하들은 배로 후퇴했지만 화살이 날아와 레옹의 어깨를 관통했다.

"나를 제발 스페인으로 데리고 가다오. 이제 다시는 젊음의 샘을 찾지 않을 것이다."

늙은 레옹이 힘겹게 말했다.

그의 배는 레옹을 쿠바로 데려다주었다.

레옹은 불행히도 심한 부상을 입어 고통스럽게 오랜 시간을 보냈다. 그리고 그는 자신이 죽인 수많은 사람들처럼 죽었다. 그 모두를 잃고 말았던 것이다.

죽음은 사람을 슬프게 한다. 삶의 3분의 1을 잠으로 낭비하면서도.

— 바이런

현명한 노예

아주 오랜 옛날에 이솝이라는 노예가 있었다. 그의 키는 작았고 거기에 밸런스가 맞지 않는 긴 팔과 큰 머리가 있었다. 또 얼굴은 백지장처럼 하얗기 그지없었다. 그럼에도 무척 친절하고 해박한 사람이었다. 그의 큰 눈은 맑은 빛을 내면서 항시 활기차 있었다.

이런 이솝이 스무 살 되던 해, 그의 주인이 큰 빚을 지게 되어 그만 노예 시장에 자신의 모든 노예들을 팔지 않으면 안 되게 되었다. 일이 이렇게 되자 주인은 노예들을 그곳에서 한참 떨어진 큰 도시의 노예 시장으로 데려가 팔 생각이었다.

그 도시는 상당히 먼 거리여서 노예들은 많은 짐을 지고 갈 수밖에 없었다. 꽤나 많은 짐들이 노예들을 기다리고 있었다. 이 많은 짐들은 먼 도시까지 가게 되는 사람들을 위해 꼭 필요한 것들이었다.

어떤 짐에는 식사거리가 들었고 어떤 짐에는 신발이나 옷들이 들어 있었다. 큼직한 짐들 중에는 주인이 노예들과 함께 팔아야 되는 귀중품들도 있었다.

주인은 노예들을 모아놓고 각자가 짐을 선택하라고 했다.

"얘들아, 내가 그동안 잘해주지 못해서 미안하구나. 좌우간 좋은 주인 만나길 바라면서 어서들 하나씩 짐 꾸러미를 들도록 해라."

이솝은 주저하지 않고 큰 꾸러미 하나를 들어 안았다. 그것은 유달리 큰 꾸러미라서 다른 노예들이 피하고 있던 짐이었다. 짐을 집어든 이솝을 보면서 다른 노예들이 비웃으며 조롱했다. 그러나 이솝은 아랑곳하지 않고 만족한 표정을 지으며 꾸러미를 등짝에 짊어졌다.

다음 날 웃음소리가 뒤바뀌게 되었다. 이솝이 무겁게 고른 짐은 바로 식량이었다. 어찌 됐든 사람들은 종이나 주인들이나 하루 세끼를 먹어야 했다. 그중 하나를 이솝이 들었던 것이다. 그리하여 끼니때마다 이솝의 짐은 가벼워져 갔다. 큰 도시가 가까워질수록 이솝의 짐이 가벼워지더니 결국 빈손으로 가게 되었다.

하지만 다른 짐을 들었던 노예들은 갈수록 체력이 바닥나 그만 신음소리를 내면서 도시로 들어섰다. 그때서야 이솝을 비웃던 다른 노예들이 그의 진가를 알아주게 되었다.

"저 친구야말로 현명하군. 우리는 아무것도 모르고 그를 비웃었으니 정말 한심한 것은 바로 우리였어."

그 모습을 지켜 본 주인도 한마디 했다.

"모든 노예들 중에 이솝처럼 지혜로운 사람은 없다."

노예 시장에는 산초스라는 아주 큰 부자가 노예를 사기 위해 둘러보고 있었다. 이솝도 동료들과 함께 일렬로 서서 자신의 주인이 될지도 모르는 사람의 질문에 대답할 준비를 했다.

산초스는 노예들을 둘러보면서 제일 자신 있게 할 줄 아는 것이 무엇인지 물었다. 노예들은 서로들 산초스의 환심을 사기 위해 혈안이었다. 한눈에 보기에도 산초스는 매우 친절할 사람임을 알 수 있었기 때문이었다.

노예들에게 친절한 주인을 만난다는 것은 진정으로 하늘의 축복이 아닐 수 없었다. 그리하여 노예들은 자신의 장기들을 모두 늘어놓으며 선택해주기를 기대했다.

어떤 노예는 세상 제일의 보디가드로서 자신이 있으며, 또 어떤 노예는 말을 돌보는 데는 자기보다 나은 사람이 없다고 했다.

다른 노예는 세상 제일의 요리를 할 줄 안다고 했다.

노예들을 둘러본 산초스는 마지막으로 이솝을 바라보며 무엇이 자신 있느냐고 물었다.

"너는 무슨 일에 자신이 있느냐?"

부드럽게 질문하는 산초스에게 이솝이 무뚝뚝하게 말했다.

"저는 잘하는 게 아무것도 없습니다."

그 대답에 산초스도 황당해할 수밖에 없었다.

"아무것도 없다고? 그렇다면 너는 무엇 때문에 살지?"

"주인님, 앞의 많은 친구들이 모든 일들을 다하는 바람에 저는 할 일이 없습니다."

재치 있는 이솝의 말에 그만 산초스는 큰 소리를 내며 웃고 말았다.

"넌 참으로 유머 있고 여유 있는 친구로구나. 참 마음에 든다."

산초스는 이솝을 데리고 자신이 살고 있는 사모스 섬으로 갔고 그 섬에서 이솝은 특출한 자신의 지혜를 드러내지 않을 수 없었다. 곧 그는 유명해져 갔다.

구수한 말솜씨와 입담에 녹아나지 않는 사람들이 없었다. 그가 들려주는 동물에 대한 우화나 우스갯소리 때문에 산초스와 그의 친구들이 깜짝 놀랄 때도 있었다.

그 유명한 명작들이 이솝의 기발한 창작력의 산물이었고, 많은 이야기들이 놀랍게도 노예의 입을 통해 전해지게 되었다.

이솝은 결국 그의 능력을 알아준 주인에 의해 자유인이 될 수 있었다. 많은 위대한 사람들이 그를 초청해 친구가 되기를 원했고 급기야 왕까지도 그의 놀라운 유머와 우화를 받아들이게 되었다.

today's best word

과장에는 과장으로 대처하라. 재치 있는 말은 상황과 경우에 따라 사용되어야 하며, 이것이 바로 지혜의 힘임을 알라.

— 발타자르 그라시안

유레카

옛날에 하이로라는 이름을 가진 시라쿠즈의 왕이 있었다. 그가 통치하는 나라는 매우 작은 나라였다. 그러나 그는 왕관만이라도 세상 최고의 것을 갖기를 원했다.

왕은 온 나라를 뒤져 제일 뛰어난 세공인에게 금 십 파운드를 주면서 말했다.

"너는 이 금으로 세상에서 제일 멋지고 훌륭한 왕관을 만들어라. 모든 왕들이 탐을 낼만한 것을 만들어다오. 이 순금 모두를 사용하되, 그 어떤 불순물도 들어가면 안 된다. 이를 명심하도록 해라."

"예, 최선을 다해 분부대로 거행하겠습니다. 제가 받은 순금으로 90일 이내에 십 파운드가 나가는 왕관을 만들겠습니다."

세공인은 90일이 지나자 왕에게 약속한 대로 왕관을 가지고 왔다.

왕의 바람대로 왕관은 세상 어느 왕들도 탐을 낼 만큼 훌륭하게 만들어져서 보는 사람들마다 감탄을 자아냈다.

하이로 왕은 그 멋진 왕관을 써보았다. 약간 불편함은 있었지만 왕관이 너무 훌륭해 불평의 소리가 나오지 않았다. 자신이 세상 제일의 왕관을 쓰고 있다는 자부심이 가득했기 때문이었다.

왕은 이리저리 왕관을 살펴보았지만 전혀 흠잡을 데가 없었다. 그래도 혹시 무게가 의심스러워 저울에도 달아보았지만 틀림없이 순금 십 파운드 그대로였다. 왕관은 제일의 명작이 된 것이다. 흡족해진 왕은 세공인을 불러 칭찬을 했다.

"역시 너는 세상 제일의 세공인이다. 이렇듯 놀랄 만큼 세공을 잘했으면서도 무게마저 완벽하게 보존했으니 말이다."

왕의 신하 중에 아키메데스라는 이름을 가진 매우 현명한 사람이 있었다. 왕은 그를 불러 왕관을 한번 보라고 했다.

아키메데스는 왕관을 유심히 관찰했다. 왕이 그에게 물었다.

"이렇게 훌륭한 왕관을 보고 무엇을 생각하는가?"

"역시 대단한 왕관이기는 하지만 조금 이상하다는 생각이 드는군요?"

아키메데스가 고개를 갸웃거리면서 대답했다.

"금은 조금도 변함없이 그대로일세. 내가 정확히 저울로 확인을 했으니까 말이야."

"물론 그러시겠지요. 그렇지만 이상하게도 이건 금덩이로 있을 때보다 좀 색깔이 달라 보입니다. 새빨갛던 금덩이가 왜 금관이 되자 밝은 노란

색으로만 보이겠습니까?"

왕은 그 말에 반박을 하면서도 좀 이상해했다.

"금은 대개 노란색이 아니겠나? 하지만 왠지 자네의 말을 듣고 나니까 덩어리로 있었을 때보다 좀 밝아진 느낌이 든단 말이야? 생각해 보니 훨씬 짙은 빛깔이었던 것 같아."

"제 생각입니다만, 그 세공인이 혹시 같은 무게만큼 동이나 은을 집어 넣은 것은 아닐까요?"

"그렇게는 못 했을 거야, 그는 충직한 사람이니까. 단지 세공과정에서 빛깔이 변했을 뿐일 걸세."

왕은 왕관이 너무 마음에 들어 세공인을 감쌌지만 생각할수록 의구심이 들었다. 아키메데스가 그의 마음에 불을 질러 놓은 것이다.

처음부터 금이라 믿었으면 아무런 탈이 없었지만 이미 불신이 그의 마음속으로 스며든 것이었다.

왕은 진실을 밝히고 싶어 다시 아키메데스를 불렀다.

"그대의 말을 듣고 나는 진실이 알고 싶어진다네. 혹시라도 세공인이 나를 속인 건 아닐까? 진실을 알아낼 수 있는 방법은 없을까?"

"글쎄요, 그런 방법은 없는 걸로 압니다."

아키메데스였지만 부정적으로 대답했다. 그러나 그는 어려운 문제에 남다른 집착을 가지고 있었기에 해답을 얻기 위해 최선을 다하는 사람이었다.

아키메데스는 결국 왕관에 대한 문제를 해결하려 밤낮을 가리지 않고 연구에 연구를 거듭했다. 왕관에 손상을 주지 않으면서도 실험을 할 수 있는 방법을 찾고 있었던 것이다.

어느 날 아침 아키메데스는 목욕을 하기에 앞서 그 문제에 몰두했다. 아키메데스는 몸을 담그기 위해 욕조에 들어갔을 때 자신이 들어간 만큼의 부피에 걸맞은 물이 밖으로 넘치는 것을 보았다. 물론 이런 일은 목욕할 때마다 벌어지는 사소한 일이었지만 이번에는 문제가 달랐던 것이다.

'내가 통속에 몸을 담그는 순간 어느 정도의 물이 넘친 것일까? 그 물은 내가 몸을 담근 부피만큼 빠져 나간다는 건 누구나 다 알 수 있는 것이다. 그렇다면 내가 통속에 들어온 것처럼 왕관을 물에 넣게 되면 그 부피만큼 물이 넘치게 될 것이다. 분명 금과 은의 부피는 다르다. 금이 은보다 훨씬 무거우니까. 불순물이 섞인 왕관은 분명 순금과 부피가 달라질 것이다. 만약 왕관이 순금이라면 분명 원래의 금덩이와 똑같이 물이 넘치게 될 것이다. 그러나 그것에 불순물이 섞였다면 분명 더 많은 물이 넘치게 될 것이다.'

드디어 아키메데스는 감격에 겨워 소리쳤다.

"드디어 밝혀냈다! 유레카, 유레카!"

아키메데스는 너무도 기쁜 나머지 그대로 욕조를 박차고 나와 왕에게 달려갔다.

"유레카, 유레카, 유레카!"

그것은 바로 알아냈다는 뜻이었다.

드디어 왕관이 심판을 받게 되었다. 왕관은 십 파운드의 순금보다 더 많은 물을 쏟아냈다. 금 세공인이 왕을 속였고 그의 죄를 밝힐 수 있었다.

위대한 것 치고 정열이 없이 이루어진 것은 그 어느 것도 없다.

— 에머슨

칠면조의 교훈

버지니아 주 리치몬드에서 있었던 일이다.

토요일 아침, 한 노인이 상점으로 들어섰다. 평범한 옷차림의 노인은 낡은 외투와 모자 등 누가 보더라도 상점의 점원 정도로 여겨졌다.

그의 손에는 자그마한 바구니가 들려 있었다.

"내일 저녁 준비에 필요한 칠면조가 필요해서……."

그가 겸손히 말했다.

그의 말을 듣고 상점 주인은 살찐 칠면조를 보여주었다. 칠면조는 금방 구울 수 있도록 손질이 잘되어 있었다.

"아, 그 정도면 내가 원하던 거랑 똑같군요. 내 아내가 상당히 기뻐할 거요!"

주인이 들어 보인 칠면조를 반색하며 가격을 물어본 노인은 흔쾌히 대금을 지불했다. 계산을 마친 주인이 노인의 작은 바구니에다 종이에 싼 칠면조를 넣어주었다.

그때 한 말쑥한 젊은이가 상점 안으로 들어왔다.

"저, 칠면조 한 마리를 살까 해서요."

정장을 한 젊은이는 산뜻한 옷차림에 손에는 신사용 지팡이가 들려 있었다.

"어떤 걸로 드릴까요?"

상점 주인이 그에게 칠면조를 고르라고 했다.

"으음, 이걸로 하지요. 돈은 여기 있습니다. 물론 배달은 되겠지요?"

"죄송합니다만 오늘은 배달이 안 됩니다. 배달하는 아이가 아파서 나오지 못했습니다. 제가 배달을 해드리면 좋겠지만 가게가 비어서요. 죄송합니다, 오늘만은 우리 상점의 규칙을 좀 어겨야겠습니다."

그 말을 들은 젊은이는 인상을 찡그리며 푸념했다.

"아니, 그럼 내가 이 칠면조를 들고 가야 된단 말입니까?"

"오늘만큼은 어쩔 수 없이 그래야 될 것 같습니다. 정말 죄송합니다만 저로서는 어쩔 수 없군요. 손님, 칠면조는 가벼운 짐일 뿐입니다."

젊은이는 계속해서 시비를 걸듯 말을 했다.

"아니, 이 양반이 농담을 하는 거요? 내가 이걸 들고 거리로 나서란 말이오? 무슨 망신을 당하려고……."

그 모습을 조용히 지켜보고 있던 노인이 두 사람 사이에 끼어들었다.

"실례지만 선생께서 어디에 사시는지 물어봐도 될까요?"

"물론이지요. 우리 집은 39번가에 있습니다. 내 이름은 존슨이라고 하고요."

"그것 참 잘됐군요. 마침 나도 그쪽으로 가는 길이니 원하신다면 그걸 들어드리리다."

노인은 젊은이에게 미소를 보냈다. 노인이 아르바이트로 배달해주리라 짐작한 젊은이 역시 기뻐했다.

"아, 그렇습니까? 정말 다행이군요. 그럼 부탁합니다."

젊은이는 노인을 향해 따라오라며 먼저 상점을 나섰다.

얼마 후 그들은 젊은이의 집에 도착했고 노인은 젊잖게 젊은이에게 칠면조를 건네주었다.

"고맙습니다, 그러나 영감님! 다시는 그 상점으로 가지 마십시오. 저에게 짐을 들라고 하는 사람이 어디 있습니까? 어찌했든 수고하셨습니다. 자, 얼마를 드리면 되지요?"

젊은이가 당연하다는 듯 노인 앞에서 지갑을 꺼냈다. 하지만 노인은 극구 사양했다.

"아닙니다. 선생, 이러면 안 되지요. 이런 건 제게 아무것도 아닙니다. 신경 쓰지 마세요."

노인은 젊은이에게 고개를 숙인 후 자리를 떠났다.

젊은 존슨은 노인의 정체가 궁금해 다시 상점으로 갔다. 존슨은 이상한 노인에 대해 상점 주인에게 물었다.

"도대체 그 노인은 누구지요? 마침 잘됐구나 생각하고 배달을 시켰지만 돈을 받지 않으니 말입니다. 그 노인이 이 가게에서 아르바이트를 하는 사람 아닌가요?"

"손님, 그분을 모르시는지요? 그분이 바로 존 마샬이라는 대법원장님 이십니다. 그분은 우리나라 저명인사들 중 한 분이 아니십니까?"

그 소리를 들은 젊은이는 부끄러움에 그만 얼굴을 붉히고 말았다.

"아, 그분이오? 정말 죄송하게 됐군요. 그런데 왜 그런 유명하신 분이 칠면조 따위를 직접 배달하시는 거지요?"

"그건 그분 나름의 깊은 뜻이 있었을 겁니다. 손님에게 무엇인가를 손수 가르쳐 주고 싶으셨겠지요. 잘 생각해보십시오. 그분도 분명 손님이 자신의 정체를 알게 될 것을 예견하셨을 테니까요. 물론 그 때문에 그런 일을 하신 것은 아니겠지만요."

"모르겠습니다. 제게 가르쳐 주신 게 무엇일까요?"

"그분은 아마도 손님에게 그 누구도 자신의 짐을 즐겁게 들고 다닐 사람은 없다는 것을 가르쳐 주고 싶으셨을 겁니다. 그 누군가는 분명 그 짐을 들어야 했으니까요. 그렇다면 나머지는 손님의 판단이 아니겠습니까?"

"맙소사!"

젊은이는 손으로 자신의 이마를 쳤다.

그 자리에 있던 또 다른 손님이 그 이야기를 듣고 부연설명을 했다.

"그분이 칠면조를 배달해주신 이유는 바로 자신의 의무를 다하는 모범을 보이고 싶어서일 겁니다. 힘든 일이고 비록 다들 싫어하지만 누구든 해야만 한다는 그런 의무감 말이지요. 그분이 유명하게 된 것은 바로 그런 마음으로 법정에 서기 때문일 것입니다."

자신은 할 수 없다고 생각하고 있는 동안은 사실은 그것을 하기 싫다고 다짐하
는 것이다. 그러므로 그것은 실행되지 않는 것이다.

— 스피노자

갈릴레오와 램프

　300년 전의 이탈리아에 갈릴레오라는 젊은이가 있었다. 아키메데스처럼 그는 항상 사물에 대한 의구심이 끊이지 않았다. 그는 온도계와 간단한 형태의 망원경, 그리고 현미경 등을 발명했다. 과학 분야에 있어서는 단연 기여도가 큰 갈릴레오였다. 그런 갈릴레오가 여덟 살이었을 때의 일이었다.

　갈릴레오는 저녁이 되어 피사 대성당에 불이 켜질 때쯤 성당 안에 있었다. 그 당시에는 기름으로 램프를 태우는 시절이었기에 긴 막대 끝의 램프들이 천장에 매달려 있었다. 그리하여 불을 켜는 사람이 조금만 건드려도 램프는 바람이 불 때와 마찬가지로 이리저리 시계추처럼 흔들렸다. 이를 본 갈릴레오는 면밀하게 관찰했다.

갈릴레오는 같은 길이로 매달려 있는 램프는 같은 시간, 같은 모양으로 똑같이 흔들리고 있다는 것과 짧은 막대의 램프들은 긴 막대들보다 훨씬 반복속도가 빠르다는 것을 알아냈다. 갈릴레오의 눈빛은 흥미로 번득이고 있었다.

물론 그때까지 수없는 사람들이 그 광경을 바라보았겠지만 그 누구도 갈릴레오 같은 생각을 지닌 사람이 없었던 것이다.

갈릴레오는 자신의 집으로 돌아와 그 현상에 대해 연구를 하기 시작했다. 그는 같은 길이의 줄들을 여러 개 만들어 천장에 매달아 놓았다. 그런 다음 대성당의 램프 줄처럼 모두 앞뒤로 흔들리도록 만들었다. 대성당에서의 막대가 추가 된 것처럼 갈릴레오의 방 안의 줄들도 그런 추가 된 것이다. 그리고 마침내 갈릴레오는 오랜 연구 끝에 결국 이치를 알아냈다.

우선 391/10인치 길이의 줄은 일 분에 정확히 육십 번을 진동한다는 것을 밝혀냈고, 21/4 길이의 줄은 반드시 두 배로 빨리 해야만 했다. 즉 1/2초에 한 번씩 진동했던 것이다. 1/3로 세 배 빨리 진동하려면 줄이 391/10인치의 꼭 1/9 길이가 되어야만 한다. 이렇듯 다양한 방법으로 추의 원리를 알아낸 갈릴레오는 결국 오늘날의 시계추를 발명하게 된 것이다.

카르타고의 영웅

1. 맹세

상점들은 연일 사람들로 붐비고 있었다. 거리는 온통 축제와 휴가 인파로 몰렸고 나라의 모든 중요 건물들은 무역을 위한 항구로 이어져 찬란한 빛깔의 깃발들이 휘날리고 있었다.

부두는 군인들을 실어 나르느라 선박들로 가득 찼다. 그 선박들은 수없이 오고가기를 반복했고 사람들은 부지런히 손발을 놀리고 있었다.

그날, 카르타고의 위대한 장군, 하밀카르 바르카의 군대가 스페인으로 원정을 떠나기에 앞서 도시 사람들이 환송 퍼레이드를 벌이고 있었던 것이다.

장교들과 병사들은 안전한 항해를 위해 신들에게 기도를 올리고 있었다. 남편을 출정시키는 아내와 어린아이들도 두 손 모아 무사히 전쟁을 마치고 승리하여 돌아오기를 기도했다. 모든 제물들이 신들에게 바쳐졌고 신전의 천장은 제물들이 내뿜는 시꺼먼 그을음으로 가득했다.

　　오후가 되자 바알 신의 사원으로 드려지던 모든 큰 제사들이 막을 내렸다. 그곳에는 하밀카르 바르카도 있었다. 그는 수많은 장군들 중 최고의 지위와 명성을 지닌 사람이었다.

　　그들은 정해진 순서에 따라 제물을 바치며 한결같이 신의 축복으로 군대의 모든 인원과 장비들이 무사히 스페인으로 도착할 수 있기를 기원했다.

　　그 옆에는 하밀카르 바르카의 아홉 살 된 어린 아들, 한니발이 있었다.

　　그는 어린아이임에도 어른과 같은 야망과 포부를 지녔다. 그의 소원과 꿈은 바로 아버지와 같은 명성과 힘을 지닌 장군이 되는 것이었다. 야망에 부푼 한니발은 아버지를 졸라 스페인으로 원정을 나가는데 데려가 달라고 청원을 했다.

　　"아버지, 저는 어린애가 아니에요. 이미 아버지의 어깨에 찰 만큼 키가 많이 자랐어요. 저는 그 누구보다 용감한 싸움을 잘하는 용사가 될 거예요. 세상에 저보다 싸움 잘하는 병사는 분명 없을 거예요. 만약 제가 그곳으로 가게 된다면, 저는 아버지를 충실히 보좌할 거예요."

　　하밀카르 바르카는 냉정히 거절했다.

　　"넌 아직 어리다. 너도 이 아버지의 입장이 되어 봐라. 그럼 나를 이해하게 될 것이다. 비록 먼 훗날의 일이지만 말이다. 너는 몇 년을 더 기다려야 된단다. 분명 지금은 아니란다. 시간이 좀 더 지나게 되면 우리는 중요한 싸움을 할 날이 올 것이다. 우리의 카르타고는 분명 로마를 비롯해 모든 나라들을 정복하게 될 것이다. 그러니까 좀 더 기다려라, 한니발. 당분간은 증오심을 버리고 전쟁에 대해 좀 더 생각하고 배우란 말이다. 너는 분명 지금 스페인으로 가고 있는 나보다 더한 장군이 되어 조국에 큰 업적을 안겨다줄 것이다."

하밀카르 바르카는 아들과 함께 바알 사원의 침침하고 어둑한, 좁은 길을 걷고 있었다. 아직도 제단의 기도는 이어지고 있었다. 주위는 계속해서 연기가 피어올라 냄새와 함께 시야를 가렸다. 그렇게 진지한 표정의 위대한 두 영웅은 한 짝을 이루고 있었고 그곳에는 한 사제가 서 있었다.

"네 손을 제단 위에 놓아라, 한니발."

한니발은 아버지의 말에 순응했다. 곧이어 아버지는 바알 제단에 불의 제물을 올렸다.

"내 아들아, 어서 고개를 조아려라."

반복해서 바알 신에게 절을 할 수 있도록 긴 예복을 입은 사제가 한니발을 부추겼다. 한니발이 절을 하는 이유는 미워할 수밖에 없는 로마인들에게 복수를 하는 것이었다. 밤낮으로 그의 증오는 계속될 것이다. 로마인들이 그토록 자랑하는 그 도시가 재로 변할 때까지 한니발은 결코 굴복하지 않을 것이다.

연기는 제물이 신에게 도달하고 있다는 듯 하늘 높이 오르고 있었다. 힘찬 행진곡이 드럼에 맞춰 연주되었고 분위기를 돋우며 심벌즈가 맞부딪쳤다. 그 행진곡은 자부심으로 소리치고 있는 군중들을 항구로 이끌고 있었다.

잠시 후 평화의 소리가 멈추자 장교들과 병사들은 자신들을 기다리고 있는 배에 올랐다. 함성이 떠나갈 듯했다. 그곳에는 상징과도 같은 위대한 깃발들이 펄럭였다. 드디어 함정들의 항해가 시작된 것이다.

그들이 모두 항구를 떠나자 한니발은 집으로 돌아와 로마에 대한 증오심을 삭힐 수밖에 없었다.

2. 알프스를 넘다

5년, 10년, 그리고 20년의 세월이 흘렀다. 그 시간은 헛되지 않아 어린 소년인 한니발의 꿈을 이루게 해주었다. 이제 그는 믿음직한 장군이 되어 있었다.

드디어 로마와 카르타고 사이에 큰 전쟁이 일어났다. 이 전쟁은 두 번째 전쟁이었고, 그 사이 하밀카르 바르카는 이미 이 세상 사람이 아니었다.

아버지의 뒤를 이은 한니발의 나이는 꽃다운 스물네 살이었으며 당당히 카르타고 최고의 장군이었다.

"드디어 내가 그토록 고대했던 시간이 왔다."

한니발이 비장한 어투로 말했다.

그는 이 전쟁을 예전부터 준비했다. 로마인들도 이미 한니발의 공격을 예견하고 그들 역시 군대를 편성한 뒤 기다리고 있었다.

한니발은 수천 명이나 되는 전투병들과 수많은 군마와 코끼리를 거느리고 북쪽을 거쳐 스페인으로 향했다. 그는 이윽고 서프랑스의 가울이라 불리는 곳까지 행군해 나갔다. 로마인들은 급히 군대를 파견해 한니발에게 대항했지만 그의 전진을 막을 수는 없었다.

한니발은 큰 강인 론 강도 통과했다.

알프스 산맥은 크고 웅장하며 거칠었다. 산맥을 바라보는 한니발은 마치 도저히 무너뜨릴 수 없는 장벽을 바라보고 있는 듯했다. 하지만 이탈리아는 알프스 산맥에서 한참 떨어진 곳에 있었다. 한니발은 그 도시를 원하고 있었던 터라 반드시 멸망시키고 점령해야 했다.

로마로 가는 길은 두 갈래였다. 하지만 두 길 모두 불가능하게 보였다. 위대한 로마의 면모가 그대로 드러나고 있었던 것이다.

두 갈래의 길들 중 하나는 바닷길이었다.

한니발은 병력을 옮길 수 있는 배를 어디서 구해야 하며 또 어떻게 전진을 해야 할 것인지가 관건이라서 포기할 수밖에 없는 상황이었다. 또 다른 길은 알프스를 넘는 것이었다. 그는 어떻게 말과 코끼리와 수많은 장비들을 지니고 험난한 알프스를 넘을 수 있는지를 몰라 난감했다.

"이 산맥의 눈들은 로마까지 이어져 있다."

이렇게 외치며 한니발은 전진을 명령했다. 그러나 알프스 산맥을 넘는 좁은 길목은 가파르고 위험스러워 설사 등반가라 할지라도 살아남을 가능성이 없는 곳이었다. 한니발은 개의치 않고 군대를 이끌었다. 그 길밖에는 도리가 없었다.

산맥을 넘는 길에는 아슬아슬해 보이는 낭떠러지가 수도 없이 많았다.

병사들은 사방에 널린 큰 바위들 때문에 심한 발목부상을 입었지만 그래도 전진을 했다. 모든 병사들과 말, 코끼리들도 많은 피를 흘리며 산맥을 넘기 시작했다.

수백 명의 병사들과 동물들이 그곳에서 죽었다. 어떤 병사들은 갈라진 틈새로 떨어져 죽었고 어떤 병사들은 구르는 돌에 깔려 죽었다. 또 다른 병사들은 동상으로 얼어 죽었다. 그럼에도 한니발은 무사히 앞으로 나아갈 수 있었다.

마침내 힘겹고 고된 행군이 끝나자 그의 군대는 알프스 산 정상에 올랐다. 정상아래 수풀과 들로 이루어진, 장대한 이탈리아의 모습이 지도를 펼쳐보듯 한눈에 들어왔다.

"저곳이 바로 로마의 입구다!"

한니발이 외쳤다.

그러나 로마인들은 한니발의 군대를 기다리고 있었다. 그는 피를 흘리며 로마에 입성하려고 했지만 무릎을 꿇고 말았다. 그의 군대는 여지없이 박살이 났고, 한니발은 가까스로 도망쳐 나올 수가 있었다.

적은 수의 잔류 병력과 함께 있던 한니발이 맥없는 목소리로 부하들에게 말했다.

"카르타고는 아직까지 세상의 주인이 되지 못했을 뿐이다."

{

가장 영광스럽게 사는 사람은 누구인가? 한 번의 실패도 없이 나아가는 데 있는 것이 아니라, 실패할 때마다 힘차게 다시 일어나는 데에 인간의 참된 영광이 있다.

— 스미스

다린 봉우리에서

　콜럼버스가 아메리카를 발견한 후 많은 스페인 사람들이 그곳을 개척했다. 그들은 하이티와 푸에르토리코 등 다른 조그마한 섬들까지 점령했다. 그들은 콜럼버스처럼 그 땅들이 동아시아와 닿아 있다고 생각했다. 그들은 또한 그 땅이 인디아의 부분이기 때문에 그곳 사람들도 인디아 말을 하고 있을 것이라고 생각했으나 점차로 잘못 생각했다는 것이 밝혀졌다. 이 땅들의 이름은 서인디아였지만 사실 동인디아였 던 것이다.

　쿠바에서 남서쪽으로 멀리 떨어진 긴 해안을 콜럼버스는 다린이라 불렀다. 이곳은 땅의 길목으로 파나마의 이즈무스라 불리는 곳이다. 그러나 당시의 콜럼버스는 그 땅이 아시아 중앙의 한 부분일 거라고 생각한 것 같았다.

몇 년이 지난 후 어떤 스페인 사람이 다린을 다녀온 후 금이 있다는 말을 전하게 되었다. 그때부터 스페인 사람들은 금을 찾으러 세상 끝까지 가겠다는 일념으로 그곳에 몰려들기 시작했다. 이 소식은 쾌락과 흥분에 도취된 젊은이들을 하나로 만들어 멀고 긴 항해를 하도록 세차게 부추기며 바다를 건너게 했다.

"다린으로 가자! 우리 땅, 다린!"

이렇게 외치는 젊은이들은 그 약속된 땅을 향해 배를 띄웠다.

항해의 출발은 매우 순조로웠다. 바다는 조용했고 바람은 살랑살랑 미풍이 불어 그들이 탄 배는 순풍에 돛을 단 듯 빠른 속도로 칼라비안 해로 나아갔다.

그때 한 선원이 놀라서 외치는 소리가 들렸다. 누군가가 살려달라고 외치는 소리가 계속해서 들려온다는 것이었다.

"제발 저를 도와주세요, 내보내 주세요."

그 소리는 분명 저장소에 있는 맥주 통 안에서 들려오는 것 같았다.

"우리가 잘못 들었나? 분명 어딘가에서 사람 소리가 나고 있는데 아무리 봐도 맥주 통 안에서 나는 소리 같단 말이야?"

곧 수상한 맥주 통이 오르고 뚜껑이 열리자 그곳에서 나온 것은 잘생긴 남자였다. 귀티 나게 옷을 입고 있는 그는 많은 금을 지니고 있었으며 눈빛은 차분히 빛났고, 얼굴은 총명함이 돋보였으며 세상 모든 것을 지닌 사람처럼 보였다. 옆구리에는 긴 칼을 차고 있었고 벨트에는 작은 단검이 매달려 있었다.

선원들 중 몇몇은 그를 알아보았다. 말할 필요도 없이 그는 그 유명한 바스코 발보아였다. 그는 모험을 좋아하는 플레이보이였으며 돈을 즐겨 빌리고 즐겨 쓰는 한량이었다. 사람들은 그가 왜 맥주 통 안에 들어갔는지 매우 궁금했다?

"사실대로 말하자면, 저는 하이티 모든 사람들에게 빚을 졌지요. 결국 관리들이 저를 잡아 감옥에 집어넣으려고 했습니다. 그래서 저는 친한 친구에게 맥주 통에 넣어달라고 했습니다. 그리고 그 다음에 바로 소고기를 절여놓은 창고로 보내달라고 했지요. 그래서 제가 여기에 있게 된 것입니다. 아무쪼록 여러분이 부의 해변으로 도착할 때까지 그냥 여기서 머무르게 해주십시오."

그 말을 들은 선장은 매우 화를 내며 발보아를 외딴 바위섬에 내려놓으려고 했다.

"안 됩니다! 그건 부끄러운 짓입니다."

일행들이 선장의 말에 반대했다.

"저 사람을 우리와 함께 가도록 내버려두십시오. 저 사람은 모험을 좋아하는 사람이라서 많은 경험이 있습니다. 분명 우리에게 도움이 될 겁니다."

선장은 할 수 없이 일행들의 말을 따르기로 했다.

발보아는 말과는 달리 매우 점잖은 행동을 했다. 침착성과 지적인 면까지 겸비한 그는 배가 위급할 때에는 누구보다 강한 용맹스러움을 보여주었다. 그런 면에서 배 안의 사람들은 그를 존경하기에 이르렀고 결국 그를 탐험대장으로 추대하게 이르렀다.

다린에 도착한 그들은 배를 정박시킬 장소를 찾고 있었고 발보아는 그들에게 큰 힘이 되어주었다. 모험을 좋아하는 발보아는 이미 그 섬을 와 본 적이 있어 안전한 항구로 배를 안내해 주었다.

일이 이렇게 되자 사람들은 선장을 따돌리고 발보아를 선장으로 추대 했다. 그리하여 선장은 작은 배에 몸을 싣고 하이티로 되돌아가고 말았다.

발보아는 우선 그 섬의 지도자인 인디언 추장과 담판을 지어 협정을 맺듯 추장의 딸과 결혼을 했다. 따라서 추장은 스페인 사람들과 발보아에 게 많은 금은보화와 노예들을 선사해 주었다. 그때의 인디언들은 금의 가 치를 전혀 몰랐기 때문에 그리 중요시하지 않았다.

"이 많은 금덩이가 그렇게 귀하다면 왜 그곳에 가지 않나요?"

인디언들은 발보아에게 금이 많이 있는 장소를 가르쳐주었다. 서쪽으 로 가다 보면 반대편으로 산이 보이는데 그곳이 위대한 바다라는 곳이며, 그 물가에는 사람들이 살고 있고 그들은 엄청난 금을 사용하고 있다는 것 이었다. 하물며 금으로 물그릇이나 컵을 만드는가 하면 심지어 팬과 접시 까지도 만든다고 했다.

그 말을 들은 발보아는 그 바다를 한번 찾아가 보리라는 마음을 먹 었다.

발보아는 이백 명의 시종들과 무뚝뚝한 인디언들을 동반하고 위대한 바다가 보이는 산을 찾으러 출발했다. 하지만 먼 거리는 아니었지만 그 땅은 너무도 거칠었다. 숲이 우거진 그곳은 한 치 앞으로 나아가는데도 수 시간이 걸릴 정도였다.

발보아 일행은 천천히 움직이며 나아갔다. 며칠이 지나자 발보아 일행 은 높은 산의 가장자리를 통해 정상으로 오를 수가 있었다. 그곳에서 발보아는 남쪽 해안선을 따라 동쪽으로 길게 위치한 바다를 바라보았다. 모든 것이 자신의 발아래에 놓여 있었다. 바다는 곧게 사방으로 뻗어 있어 결국 푸른 하늘과 겹쳐져 보였다.

백인들 중 이곳에서 바다를 본 사람은 일찍이 없었다. 그 누구도 여기가 어디라는 소리를 듣지 못했던 것이다.

스페인 사람들은 그 바다를 남해라고 부르게 되었다. 왜냐하면 그곳은 이즈무스를 가로질러 남쪽으로 길게 누워 있기 때문이었다. 그러나 사람들은 그 바다가 바로 이 세상의 모든 바다 중 제일로 넓고 광대한 태평양이라는 사실을 알 수가 없었던 것이다.

발보아는 감흥에 넘쳐 시를 읊조렸다.

"독수리의 눈빛을 보라,
그가 태평양을 바라보고 있다.
그의 부하들 모두가 일출을 바라보고 있다.
침묵하라, 다런 봉우리 위에서는!"

발보아는 자신이 대양을 발견했다는 사실을 전혀 모르고 있었다. 그냥 걸프 만에서 이어진 단순한 바다라고 생각했던 것이다. 그것은 어쩌면 인디아에서, 혹은 중국에서 나온 줄기라고 여겼던 것이다.

꿈에 부풀어 있던 발보아는 급히 해변으로 내려왔다. 파도가 일며 그의 발목을 때리자, 그는 칼을 빼어들어 허공에 대고 자신이 발견한 바다를 스페인 국왕의 이름으로 부를 것이라고 선언했다.

발보아는 자신이 새로운 땅을 발견했다고 스페인에 전갈을 보냈다. 소식을 들은 스페인 국왕은 군대를 파견해서라도 그곳에 있는 금을 모조리 가져와야 한다고 생각했다. 곧 다린에 도착한 군인들은 인디언들을 학살하기 시작했고 수천 명의 인디언들이 희생당했다.

발보아는 슬픔과 분노를 감출 길이 없었다. 그는 가난하지만 순박한 인디언을 생각하느라 눈물이 마를 날이 없었다.

발보아는 비밀리에 정부를 비난하는 내용과 함께 본국으로 가는 배를 보냈다. 이어 항해를 위한 준비를 했지만 워낙 무리한 항해로 인해 배들이 온전치 못했다. 그는 이 문제를 해결해 줄 본국의 배들을 기다렸다.

스페인 국왕은 발보아가 보낸 불평불만의 반정부적인 내용을 듣자 그를 체포하라는 명령을 내렸다.

발보아는 그 어떤 명령이든 각오가 되어 있었다. 그리하여 그는 자신을 체포하러 온 사람을 만났다.

"너는 국왕을 배신한 첩자로 죽어 마땅하다."

용감하고 저돌적인 발보아는 이렇게 죽어갔다.

today's best word

가끔 일어나는 대수롭지 않은 반역은 정부의 건강을 위해서 필요하다.

— 제퍼슨

영웅의 귀환

발보아가 태평양을 발견한 후 70년이 흐른 후의 이야기이다.

어느 날 또 다른 대범한 탐험가 한 명이 다린 봉우리에 서 있었다.

이 사람의 이름은 프란시스 드레이크였다. 그는 항해사들 사이에서 널리 알려진 사람이었다.

드레이크는 영국인으로 예전의 발보아처럼 스페인과 그 나라 사람들을 증오했다. 발보아는 금을 찾기 위해 다린을 방문했으나 결국 자신은 죽음을 당한 채 그의 적들에게 모든 금화를 안겨다준 셈이 되었던 것이다. 그리하여 드레이크는 누구보다 발보아에게 연민을 느껴 그를 죽인 스페인 사람들을 증오하고 있었다.

드레이크는 정상 근처의 절벽 가까이에 서 있었다. 발아래로 깊은 계곡들과 짐을 나르는 노새 한 마리가 겨우 통과할 수 있는 좁은 길목이 보였다.

스페인 사람들은 이 노새 길을 통해 다린 항구로 왔고, 스페인으로 많은 금을 배로 실어 운반했던 것이다.

드레이크는 큰 나무들과 길게 뻗어 있는 길을 바라보며 하늘을 향해 소리쳤다.

"아, 정녕 내가 본 최고의 장관이리라!"

드레이크를 따라온 다른 사람들도 마찬가지였다.

초록으로 가득히 수를 놓고 있는 열대의 초목들은 그야말로 한 폭의 그림이었다. 깊은 협곡들과 넓디넓은 계곡들 사이로 아기자기한 나무들, 하늘을 가릴 듯한 웅장한 나무들까지 모두들 조화를 이루어 완전한 열대 숲을 이루고 있었다. 그곳이 얼마나 우거지고 울창한지는 그 어떤 사람도 제대로 빠져나가지 못할 것 같았다.

드레이크는 그곳에서 저 멀리 북쪽으로 희미한 점 같은 물체를 볼 수 있었다. 그것은 용케도 스페인 사람들의 눈을 피해 자신의 귀환을 기다리고 있는 그의 사람들과 배였던 것이다. 그러나 그는 그때까지 북쪽을 제대로 보지 못했다.

드레이크가 몸을 돌려 다른 쪽을 보자 다시 한 번 감탄사를 연발할 수밖에 없었다. 그것은 열대우림을 보면서 감탄했던 것보다 몇 배나 되는 엄청난 광경이었다. 그 장관은 너무도 또렷이 그의 눈에 들어오고 있었다. 그것은 거대한 서쪽의 바다 태평양이었던 것이다.

예전에는 스페인 사람인 발보아가 그곳을 발견했었다. 그러나 그가 비극 속의 주인공이었던 것처럼 이제까지 그 어떤 스페인 사람도 발보아를 제외하고는 그곳을 보지 못했다.

햇빛을 받은 물결들이 춤을 추며 빛나고 있었다. 마치 예전에 발보아가 그곳을 처음 보았을 때처럼 바다와 하늘이 맞닿아 있었다.

이제 드레이크는 영국인으로서는 처음으로 광대한 태평양을 보게 된 영예를 안게 되었다. 그때 그는 저 멀리 마치 점같이 보이는 스페인 배가 항구로 들어오는 것을 목격했다. 그 배는 페루와 주위의 모든 금들을 발굴하여 스페인 국왕을 기쁘게 하려고 출정을 나온 배였다.

드레이크의 눈에서 눈물이 보였다. 두 주먹을 굳게 움켜쥔 그는 울부짖으며 굳은 결심을 했다.

드레이크는 숨이 점점 가빠지더니 스페인에 대한 적개심을 불태우며 도전장을 던 지고 있었다. 그는 나뭇가지를 움켜쥐고 신에게 기도를 했다.

"오, 신이시여! 저 형편없는, 자존심만을 내세우는 스페인 사람들을 보소서. 제게 이 바다에서 영국을 빛낼 수 있도록 하소서. 제가 이 광대한 바다에서 무사히 항해를 마치고 영국으로 돌아갈 때까지 제 손에서 노를 놓지 않게 하소서. 그 순간까지 제게는 휴식이라고는 없습니다."

그곳에 있던 모든 선원들도 드레이크에 의해 고무되었다. 그들은 금과 은을 운반할 준비를 했다. 그들은 나뭇가지와 줄기로 페루에서 가져온 금과 은을 숨겨 마치 나뭇가지처럼 위장하여 다린 봉우리로 옮겨 놓았었다. 이제 금과 은을 배로 옮길 시간이 온 것이다.

잠시 후 드레이크는 부하들과 함께 보물들을 분할했다. 귀한 보석이었지만 금속인 이상 무게가 상당했다. 결국 모두 다 옮길 수 없음을 안 그들은 나머지 보물들을 자신들만이 알고 있는 은밀한 장소에 묻었다.

얼마 후 드레이크는 안전하게 자신의 배로 돌아올 수 있었다. 이 사건은 그 후로 오랫동안 스페인 사람들의 자존심을 상하게 했다.

2년 후, 드레이크는 자신과의 약속을 지키기 위해 다시 태평양 횡단에 나섰다. 칠레 해안을 끼고 페루를 항해했다. 이어서 그는 스페인의 도시를 점령했고, 스페인의 모든 보물들을 약탈했다.

곧 드레이크의 배는 많은 금은보화들을 싣고 귀국할 수가 있었다.

그러나 그는 방향을 바꿔 서쪽으로 향했다. 그렇게 해서 영국 사람으로서는 처음으로 태평양을 횡단한 인물이 되었다.

드레이크는 계속해서 남쪽 필리핀 해안을 통과해 인도양에 도달했다. 그렇게 아프리카를 돌아온 그는 무사히 최종 목적지인 영국으로 귀환할 수가 있었다. 그것은 너무도 멋진 항해였다. 영국인으로서는 최초로 세계 일주를 한 그런 인물이 되었던 것이다.

여왕인 엘리자베스는 그 소식을 듣고 무척 기뻐했다. 드레이크를 본 여왕은 이렇게 외쳤다.

"프란시스 드레이크여, 우리의 대영제국을 빛낸 보답으로 나는 당신에게 기사 직위를 수여하는 바이오."

이렇게 영웅 프란시스 드레이크는 그때까지 해양을 장악하고 있던 스페인을 물리치고 바다의 왕으로 군림할 수 있는 기초를 열게 되었다.

위대한 사람은 목적을 가지고 있지만 보통사람들은 공상만을 가지고 있다.

— 어빙

최고의 만찬

옛날에 바미사이드라고 불리는 돈 많은 노인이 살고 있었다. 그의 저택은 아름다웠고 정원에는 꽃이 만발하였다. 그 노인은 자신이 원하는 것은 무엇이든 가질 수 있었다.

같은 나라에 쉐커벡이라는 이름의 가난한 사람이 살고 있었다. 그의 옷은 누더기뿐이었고 음식은 먹다 버린 찌꺼기뿐이었다. 그럼에도 불구하고 그는 명랑했고 왕만큼이나 행복했다.

한 번은 오래도록 끼니를 거르게 된 쉐커벡이 바미사이드에게 가서 도움을 요청할 생각으로 그 노인의 집을 찾아가게 되었다.

마침 문가에 서 있던 하인이 말했다.

"들어가서 주인님께 잘 말해 보세요. 주인님은 배가 고픈 당신을 그냥 돌려보내지는 않을 것입니다."

쉐커벡은 저택으로 들어가 바미사이드를 찾으면서 아름다운 방들을 여러 개 지나쳤다. 마침내 그는 바닥에 아름다운 카펫이 깔려 있고 벽에는 훌륭한 그림들이 걸려 있으며, 아주 편한 침대들이 있는 커다란 홀에 다다랐다.

그는 방 저쪽 끝에 있는 길고 흰 턱수염을 한 노인의 모습을 발견했다. 바로 그 사람이 바미사이드였다. 쉐커벡은 그 나라의 풍습대로 그에게 허리를 굽혀 절을 했다.

바미사이드는 아주 친절한 목소리로 무엇을 원하느냐고 물었다.

쉐커벡은 그에게 자신의 처지를 말하고는 빵을 먹어 본 지 이틀이나 됐다고 했다.

"어찌 그럴 수가 있단 말이오? 당신은 너무 배가 고프겠군요. 그런데도 나는 음식이 너무 많아 남아돌 지경이오!"

바미사이드가 말하며 몸을 돌려 하인을 불렀다.

"여봐라, 이 손님에게 어서 손 씻을 물을 가져오고 요리사에게 빨리 저녁을 준비하라고 일러라."

쉐커벡은 이렇게까지 친절한 대접을 받으리라고는 꿈에도 생각하지 못했다. 그는 그 노인에게 감사의 말을 하기 시작했다.

"저같이 미천한 사람에게 이렇게 친절하게 대해 주시니 어찌 감사의 말씀을 드려야 할지 모르겠습니다."

그러나 바미사이드는 손을 내저으며 말했다.

"아무 말씀 마시고 향연을 벌일 준비나 합시다."

그러고 나서 이 부자는 마치 누가 물을 부어 주기라도 하듯이 두 손을 비비기 시작했다.

"이리 와서 함께 씻읍시다."

쉐커벡은 시종은 물론 대야나 물도 찾아볼 수 없었다. 하지만 그는 그가 시키는 대로 해야 한다고 생각하고는 바미사이드를 따라 손을 씻는 시늉을 했다.

"자, 이제 저녁을 듭시다."

바미사이드가 말하며 마치 식탁에 앉은 것처럼 앉아서 구운 고기를 자르는 시늉을 했다. 그러고 나서 그는 말했다.

"마음껏 드십시오. 배가 고프다고 하셨지요. 조금도 음식 걱정은 마세요."

쉐커벡은 그가 농담을 즐기는 사람일 것이라는 생각에 순순히 그를 따라 음식을 집어 입으로 가져가는 시늉을 했다. 그런 다음 입을 오물거리며 말했다.

"어르신이 보시다시피 부지런히 먹고 있습니다."

그러자 바미사이드는 새로운 음식을 더 주문했다.

"얘야, 구운 거위를 가져오너라. 자! 손님, 가슴에서 잘라낸 맛있는 조각을 잡숴보시지요. 그리고 여기 맛있는 소스와 꿀, 건포도, 완두콩, 말린 무화과도 있습니다. 마음대로 드시고, 또 다른 맛있는 음식들이 들어온다는 것을 기억하시지요."

쉐커벡은 배가 고파 거의 죽을 지경이었지만, 그렇다고 상대를 무안하게 만들 만큼 예의가 없지는 않았다.

"자, 구운 양고기를 한 점 더 들어보세요. 이렇게 맛있는 음식을 들어보신 적이 있으세요?"

바미사이드는 마치 음식이 떨어지기라도 한 것처럼 두 손으로 받쳐 들고 쉐커벡의 앞으로 음식을 옮겨주는 시늉을 했다.

"정말 이렇게 맛있는 음식은 생전 처음입니다."

"그럼 마음껏 드십시오. 맛있게 드시는 것이 저로서는 무엇보다도 큰 기쁨입니다."

바미사이드가 말했다.

잠시 후에 시종이 디저트라며 식탁에 무엇인가를 놓는 시늉을 했다. 바미사이드는 과일이라고 말했다. 이번에도 쉐커벡은 그것들을 먹는 척 시늉했다.

"또 더 드시고 싶은 것이 있으신지요?"

바미사이드가 물었다.

"아, 아닙니다. 정말이지 많이 먹었습니다."

불쌍한 쉐커벡이 대답했다.

"자, 그럼 이제 술을 마십시다. 애야, 포도주를 좀 가져오너라!"

바미사이드가 말했다.

"죄송합니다만 어르신, 저는 술을 마시지 못합니다."

쉐커벡이 정중하게 사양했다.

바미사이드는 그제야 그의 손을 마주 잡으며 이렇게 말했다.

"나는 오랫동안 당신 같은 사람을 찾았소. 이제부터 진짜 저녁을 먹읍시다."

그가 손뼉을 치자 시종들이 들어왔고 그는 어서 식사를 가져오라고 말했다. 그리고 그들은 잠시 전까지 먹는 시늉만 냈던 식탁이지만 이제는 음식들이 가득 차려진 식탁에 앉았다.

쉐커벡은 그렇게 맛있는 음식은 정말 생전 처음 먹어 보았다.

식사가 끝나고 식탁이 치워지자, 바미사이드가 말했다.

"나는 당신이 아주 이해심이 많은 사람이라는 것을 알게 되었소. 당신은 재치도 있지만 항상 모든 일을 잘 처리할 수 있는 사람 같군요. 나와 함께 삽시다. 내 집을 관리해 주시오."

이렇게 해서 쉐커벡은 바미사이드와 함께 여러 해 동안 같이 살며 행복한 삶을 누릴 수 있었다.

하얀 머리 왕자

1. 시무

오래전 페르시아에 산악지대로 둘러싸인 세스탄이란 나라가 있었다. 그 나라는 정말 오래되어 그 누구도 언제 나라가 세워졌는지 알 수 없었다.

그 나라는 막강한 권력을 지닌 사움 왕에 의해 다스려지고 있었다. 그러나 사움 왕은 부자이며 막강한 권력을 지녔음에도 불구하고 문제가 하나 있었다. 그것은 바로 아들이 없다는 것이었다. 통치기간 중 불행히도 아들을 얻을 수가 없었던 것이다. 그러다가 마침내 아들을 얻게 된 사움은 매우 기뻤다.

태어난 아기는 정말 잘생기고 예뻤다. 아기지만 흠잡을 데 없이 완벽한 아름다움을 지니고 있었다. 하지만 불행히도 완전한 모습의 아기가 아니었다. 완벽한 몸과는 달리 머리카락이 노인처럼 희어 마치 머리 위로 눈이 내린 모습이었다.

아기는 태어난 지 여드레가 지나도 축복을 받지 못했다. 이유는 바로 아기의 친아버지인 사움 왕이 그 사실을 모르고 있었기 때문이었다.

그 누구도 이 결점 있는 아기에 대해 왕에게 사실을 말할 수 없었다. 막강한 권력의, 왕의 성질을 건드리기가 싫었다. 그러나 마냥 아기를 방치할 수도 없는 노릇이었다.

아기를 받아낸 시녀들은 회의를 했다.

"어차피 태어난 아기이니 아기에게 죄를 지어서는 안 됩니다. 어서 폐하께 사실대로 고해야 합니다."

"누가 이 사실을 알린단 말입니까?"

이렇게 해서 한 시녀가 사움 왕에게 사실을 알리게 되었다. 그녀는 왕에게 다가가 바닥이 닿도록 구부려 절을 올렸다. 그리고 아기에 대해 사실을 고했다. 그 말을 들은 왕은 기가 막힌 듯 당장 시녀를 쫓아냈고 시녀는 밖으로 나오며 울부짖었다.

"하늘은 폐하께 엄청난 축복을 해주었다.
폐하는 당연히 영웅이 될 수밖에.
분명 폐하의 하루하루는 기쁨으로 영원할 거야.
그런데 그런 폐하에게 아이가 태어났다.
아기는 너무도 예쁜 모습으로 세상에 나왔다.

아기의 얼굴은 둥근 달과 같이 복스러웠고

눈빛은 태양 빛처럼 밝고 맑았다.

아기에게는 그 어떤 결점도 없었다.

하지만 불행히도 머리가 마치 노인네처럼 희었다.

이건 비극이다. 그걸 보고 기뻐할 아버지는 세상에 없다.

더구나 막강한 권력의 폐하에게는.

아, 가엾은 아기여!

오, 나의 주인이시여!

하늘은 왕자를 폐하에게 선물로 주셨건만 불행히도…….

제발 폐하가 마음을 돌려 왕자를 사랑할 수 있게 되기를.

그래서 왕자를 주신 신에게 감사를 드릴 수 있게 되기를 바랍니다."

잠시 후 사움은 몸을 일으켜 그 시녀의 말이 사실인지 확인하기 위해 시녀들에게 갔다. 그리하여 시녀는 그 예쁜 아이를 왕에게 보여주었다. 비록 아이의 머리카락만은 노인이었지만…….

왕은 자신의 아기를 멍하니 바라보며 안타까움과 연민이 스며들었다. 자신의 방으로 돌아온 왕은 한숨을 내쉬었다. 자존심이 보통 상한 것이 아니었다. 그는 세상 사람들이 자신을 비웃을 것을 생각하니 가슴이 막혔다. 그 어린 아기를 바라보며 조소하는 모습들이 보이는 것 같았다.

아기는 다름 아닌 자신의 유일한 아기였다. 그러나 아기는 다른 아기들과 확실히 달랐다.

그는 슬픔에 잠겼으나 점차로 아기에 대한 가엾음이 사라지는 대신 부끄러움과 실망감으로 분한 마음만 들었다. 마침내 생각을 굳힌 왕은 자신이 제일로 믿는 신하를 불러 비밀리에 아기를 산에다 갖다 버리라고 했다. 그렇게 아기를 없애버리라는

것이었다.

얼마 후 세스탄 국경 근처로 아기를 데리고 온 사내가 있었다. 장거리 여행 탓인지 표정이 매우 지쳐 있었다. 그곳은 엘부즈라고 불리는 험한 산이었다.

사람들은 산 정상에 오르게 되면 바로 별을 만질 수 있다고 말했다. 그렇게 험준한 산이다 보니 그 누구도 그 산을 오르는 사람이 없었다. 정상은 물론이고 절반도 채 오르지 못하기 때문이었다.

왕의 충실한 신하는 그렇게 아기를 그곳에다 버렸다.

버려진 아기는 왕자의 예복이 입혀져 있었고 푸른 하늘을 바라보며 아무것도 모른 채 무엇이 좋은지 미소를 짓고 있었다.

산 정상에는 아름다운 새 한 마리가 살고 있었다. 그 새의 이름은 시무였고 경이롭게 세상을 내려다보았다. 시무의 보금자리는 하얀 식물뿌리로 만들어져 있었다. 하늘의 제왕인 시무는 마치 지상의 왕처럼 안락하고 아름답게 하늘을 유영했다.

이렇게 수천 년간을 이 경이로운 새는 자신의 보금자리와 더불어 살았다. 시무는 가장 맑은 공기로 호흡을 하며 산 정상에서 하늘의 별과 대화를 나누며 세상의 모든 지혜를 통달하고 사람들의 언어까지 통독했다.

그렇게 하늘을 날고 있던 시무는 산 중턱에 놓여 있는, 도움이 필요한

어린 왕자를 보게 되었다. 시무는 태양 빛이 지상으로 내리쬐듯 아기에게로 내려갔다.

시무는 공중에서 이미 배고픔과 외로움으로 울고 있는 어린 아기를 보았던 것이다. 시무는 날개를 펴서 곧장 아기에게 날아왔다. 시무는 발톱으로 아기를 집어 들고 자신의 고귀한 보금자리로 데리고 왔다. 아기를 내려놓고 방금 전에 위액을 발라 먹을 수 있도록 만든 토끼와 양을 새끼들에게 토해 주었다. 먹을 것을 본 새끼들은 게걸스럽게 어미의 목으로부터 먹이를 빼어먹었다.

시무는 마치 어린 아기가 귀한 왕자의 신분임을 알기라도 한 것처럼 아주 정중하게 다루었다. 마치 갓 부화된 자신의 새끼들을 다루듯이……

시무는 진정 목자가 되어 길을 잃고 죽어 가는 어린 양을 돌보게 된 것이다. 시무는 어린 왕자에게 강한 연민을 느꼈다.

"내 아기들아, 너희에게 아주 진귀한 선물을 하나 할까 한다. 이 아기는 왕의 아들이란다. 내가 너희에게 명령하노니, 절대로 이 아기에게 해를 끼쳐서는 안 된단다. 너희들은 이 아기를 네 친형제들처럼 잘 대해 주어야 함을 명심하라."

시무는 친절하게도 사람들의 방식으로 어린 왕자에게 먹이를 주었다. 어린 아기가 먹는 것은 시무의 갓 부화된 새끼들과 차이가 없었다.

시무는 어린 왕자에게 소젖과 야생의 염소젖, 꿀벌의 꿀을 구해다 먹였다. 물론 시무의 위액을 바른 이유식도 병행했다. 시무의 아기에 대한 애정은 더욱 더해져 익은 과실의 열매들도 아낌없이 먹였다. 이런 사랑을 받은 아기는 과실이 익듯 날이 갈수록 무럭무럭 성장했다.

그렇게 몇 년의 세월이 흘렀다.

시무는 조금도 지치지 않고 새끼들에게 애정을 쏟았다. 흰머리 아기 또한 소년으로 건강히 자랐다. 소년은 시간을 타고 더욱더 멋지고 아름다운 청년으로 성장했다.

2. 돌아온 자르

어느 날 방랑객들이 엘부즈 산으로 왔다가 땅과 하늘 사이를 날고 있는 시무의 모습을 발견했다. 그들은 시무가 나는 것을 보다가 우연찮게 바위산 중턱에서 한 젊은이를 발견했다. 젊은이는 날쌔게 이 바위 저 바위로 뛰어다니고 있었다. 그것은 마치 독수리처럼 날쌔게 날아다니는 모습이었다.

물론 그 젊은이에게는 날개가 없었다.

그들은 젊은이의 잘생긴 얼굴을 볼 수가 있었다. 그러나 그의 머리는 이상하게도 흰색이었다. 그 모습을 본 방랑객들은 너무 놀라 입을 다물고 말았다. 곧 그들은 헐레벌떡 산에서 내려왔다.

그들이 입을 다물었다면 오히려 더 이상했을 것이다. 그 놀라운 광경을 설명하느라 그들의 발이 바쁘게 움직였다. 소문은 세스탄 전국으로 흘러나갔다.

그 소식은 결국 아기를 버린 신하와 사움 왕도 알게 되었다.

그날 밤 사움 왕은 실제와 똑같은 상황의 꿈을 꾸었다. 그는 꿈속에서 신하와 함께 말을 타고 아들을 버린 산으로 가봐야겠다고 생각했다. 신하가 왕의 앞으로 다가와 말했다.

"아, 얼마나 어리석은 생각을 하시고 계시는지 다시 한 번 생각해 보시기 바랍니다. 어찌했든 폐하께서는 자신의 아들이 머리가 희다는 이유 하나만으로 죽이겠다는 결심을 하셨습니다. 다른 사람들의 놀림이 두려워 그리하셨던 겁니다. 영원한 영웅으로 남고 싶으셔서 말이지요. 그러나 보십시오. 한 마리의 새가 폐하께서 기울이셔야만 했을 아이의 돌봄을 맡아서 이렇듯 키워 논 것을 보시고 부끄러워하고 계시지만 얼른 마음을 다잡으셔야 합니다. 더 이상 귀한 아드님을 새의 손에 맡겨 놓아서는 안 됩니다. 그러면 정말 사악한 왕으로 남게 됩니다. 일어나십시오. 어서 폐하의 아드님을 찾으십시오."

사움 왕은 놀라서 잠에서 깨어났으나 한없는 슬픔이 밀려들었다. 그는 가장 아끼는 신하를 불러 사람들이 젊은이를 본 장소가 분명 엘부즈 산이었는지를 확인했다.

신하는 그들을 데리고 왔다. 그들 중 머리가 벗겨진 한 사람이 그에게 다가와 나머지 이야기를 했다.

"아, 얼마나 가슴이 아프시겠습니까. 폐하께서는 호랑이와 곰보다도 더욱 잔인한 일을 하셨습니다. 그 새들은 비록 그렇게 버려진 어린아이지만 자신의 자식들보다 더욱 잘 돌보아 주었습니다. 헌데도 폐하께서는 머리가 희다는 이유로 친자식을 그렇게 버리시다니요. 아마도 악마에 사로잡혀 그리 하셨으리라 믿습니다. 만약 그 아이가 살아 있다면 어서 아이에게로 가셔서 그간의 잘못을 비십시오. 그 길만이 유일한 길입니다."

그 말을 들은 사움 왕은 고개를 땅으로 숙이고 긴 한숨을 내쉬었다. 그는 자신의 친위대를 이끌고 갈 생각을 했다.

다음 날 사움 왕과 친위대는 말과 낙타, 그리고 코끼리를 동반하여 엘부즈 산으로 진입했다. 엘부즈 산 중턱에 올랐을 때 사움 왕은 눈을 들어 산 정상을 날고 있는 시무를 보았다. 그리고 그는 시무와 함께 산중턱 바위 위에 당당히 서서 흰머리를 날리고 있는 젊은이를 볼 수 있었다.

사움 왕은 한눈에 그 젊은이가 자신의 아들임을 알 수 있었다. 그 모습을 본 그는 아들을 가까이서 보려고 바위 쪽으로 다가갔다. 그러나 그가 중턱으로 오를 때 불행히도 발을 헛디뎌 근처 바위로 떨어졌다.

위기를 느낀 사움 왕은 신에게 구원을 요청했고 신은 왕의 기도를 들었다.

그때 시무도 왕의 모습을 볼 수 있었다. 시무는 왜 사움 왕이 이곳으로 왔는지 알 수 있었다.

시무가 흰머리 청년에게 말했다.

"오, 귀하디귀한 나의 긍지와 사랑이여! 이제 우리가 헤어질 시간이 다가오는구나. 18년간 나는 네 어머니가 되어 주었단다. 너는 그동안 언제나 내 곁에 있어 주었다. 그동안 네 형제들은 몇 번이고 이 어미 곁을 떠났는데도 말이다. 그런데 지금 네 친아버지가 너를 찾아왔으니 이제 너를 기다리는 건 왕관밖에는 없구나. 어서 내려가 너의 고귀함과 위대함을 온 세상에 알리려무나."

그들은 그만 서로들 눈물을 흘리고 말았다.

"그러나 한없이 약해지기만 하는군요. 어머니, 왜 제가 이 사랑스런 보금자리를 떠나야 된단 말입니까? 저와 어머니의 집은 세상 꼭대기에 위대한 모습으로 있습니다. 그 어떤 왕관보다 더욱 값지게 말입니다. 어머니의 날개는 세상 그 어떤 강한 친위대보다 저를 보호하셨습니다. 저의 바람은 그 어떤 영예보다도 어머니와 함께 있는 이곳입니다."

시무는 그를 나무랬다.

"그건 내 날개를 부러뜨리는 듯한 말이란다. 이제 네 운명은 다른 것이란다. 용감해져야 된다, 아들아! 오, 사랑하는 내 아들아! 어서 앞으로 나아가야 된다. 세상을 네 것으로 만들어야 된단다. 나는 단지 네가 잘되기만을 바란단다. 그러면 되는 것이란다."

시무는 말을 마치고 아들을 떠밀어 사움 왕이 기도하고 있는 장소로 내려놓았다. 드디어 왕이 기도를 마치고 고개를 들었다. 머리를 든 사움은 감당해내지 못할 기쁨을 맞이하며 흰머리의 아들을 안았다.

사움 왕은 시무에게 머리를 조아리며 감사의 표시를 올렸다.

"오, 고귀하신 날개를 지닌 분이여. 당신은 하늘에서 내린 공중의 천사입니다. 그 어떤 이가 이렇게 부끄러워할 수 있겠습니까. 부디 이곳에서 영생을 누리시어 하늘의 축복을 받으소서."

시무는 아무런 대답도 하지 않았다. 다만 큰 날개를 우아하게 펼치며 고귀한 봉우리로 올라서고 있었다.

드디어 사움 왕이 자신의 아들을 내려다보았다. 그가 바라본 아들의 모습은 세상 그 어떤 젊은이들과 비교할 수 없는 고귀한 인품과 자태를 지녔다. 어디 하나 나무랄 데 없는 아름다운 용모며 형체는 차마 말로 형언하기 어려웠다.

흰머리는 이제 절대로 결점이 될 수 없었다. 신하들 역시 왕자의 자태에 감탄을 했다. 드디어 젊은이는 본래의 모습인 왕자의 의복을 입게 되었다. 멋진 검이 그의 혁대에 채워졌고 한 손에는 창이 들려 있었다.

그 젊은 왕자의 이름이 바로 자르였다. 그 이름의 뜻은 연장자라는 뜻이었다.

사움 왕과 왕자와 친위대는 곧바로 세스탄으로 돌아갈 준비를 했다. 그들은 드럼을 치는 병사들과 막강한 힘을 지닌 코끼리들 앞으로 섰다. 곧이어 트럼펫 소리가 울려대고 심벌즈 소리가 조화를 이루었다. 그렇게 흰머리의 왕자는 집으로 돌아올 수 있었다.

그 모든 소식이 세스탄으로 울려 퍼지고 있었다. 도시는 온통 축제의 세상으로 바뀌었다. 남녀노소 모두들 누구 하나 빠지지 않고 새로운 영웅에 대한 기대와 축복으로 하루를 보냈다.

사움 왕은 아주 현명한 사람을 발굴하여 젊은 왕자를 지도하게 했고, 왕자는 나날이 지혜로움이 돋보였다. 시간이 지날수록 그의 지혜로움이 온 세상으로 퍼져나갔다.

사움 왕은 이제 연로해져서 더 이상 통치를 할 수 없게 되었다. 따라서 그의 왕국은 고스란히 아들인 흰머리 왕자에게 전수되었다.

그 후로 오랫동안 흰머리 왕은 사람들로부터 최고의 왕이라는 칭송을 들으며 천수를 다할 때까지 그 누구보다 행복하게 살았다. 물론 그의 마음속에는 언제나 어머니를 그리는 안타까움이 있었다. 하지만 시무는 자신의 아들이 천수를 다할 때까지 그 높은 봉우리에서 내려다만 볼 뿐 직접 만나보려고 하지 않았다.

집은 어머니의 몸을 대신한다, 어머니의 몸이야말로 모든 사람들이 최초로 대
하는 집이다, 그 속에서 인간은 안전하고 쾌적했다,

— 프로이트

다니엘

뉴햄프셔 주 언덕 위의 한 농장에 다니엘이라는 어린 소년이 살고 있었다. 소년은 나이에 비해 매우 작아 보였다. 머리칼은 검은색인 데다 눈빛 역시 그 색깔을 닮아 그를 처음 보는 모든 사람들은 결코 어린 소년을 잊을 수가 없었다.

소년은 몸이 허약해 농장 일을 돕지 못했다. 그래서 소년은 늘 혼자서 들이나 숲으로 나가 자신만의 시간을 보냈다. 소년의 심성은 너무나도 고와 모든 동식물들을 사랑했다. 그렇다고 소년이 항시 그런 시간만을 지낸 것은 아니다. 바로 초등학교에 입학할 시간이 되었던 것이다.

소년은 학교를 다니게 되자 곧 읽는 법을 배웠다. 그러나 다른 소년들처럼 읽는 것은 잘 읽었으나 이상하게도 듣는 것은 더 이상 발육되지 않았다.

그때는 지금같이 책을 많이 가지고 있는 소년들이 없었다. 사실 농장에는 별다른 종류의 책들이 없었지만 다니엘은 어디에서 구했는지 책들을 보고 또 보기를 반복했다.

다니엘은 성경에도 빠져 있었다. 성경을 배우기 시작한 그는 그 구절들을 외우다시피 해서 어디가 잘못되었는지조차 구분할 수가 있게 되었다. 그렇게 기억된 구절들은 그가 죽을 때까지 아주 유용하게 사용했다.

다니엘의 아버지는 농부일 뿐만 아니라 판사이기도 했다. 그는 법을 사랑하는 사람이었으며 다니엘이 훌륭한 법관이 되어 주는 것이 희망이었다.

이 사건은 어느 여름 날 우드척(설치류의 일종으로 야채를 갉아먹어 농작물에 피해를 입힘: 역주)이라는 동물이 웹스터의 집 안에다 굴을 파면서부터 시작되었다.

따뜻하고 어두운 밤이 다가오자 정원 안으로 양배추 잎을 먹기 위해 여러 종류의 동물들과 벌레들이 모여들기 시작했다. 그들은 아무도 그것이 얼마나 해로운 짓인 줄을 몰랐다.

다니엘과 그의 형인 이지키엘은 그 도둑들을 잡아내기로 결심했다. 어린 두 소년은 숨어서 그들의 행동을 감시했다. 그들의 길목을 알아낸 두 소년은 그들이 다니는 곳에 덫을 놓았다.

다음 날 아침 그들의 계획대로 한 마리의 동물이 그 덫에 갇혀 있었다.

"드디어 놈을 생포했다, 미스터 우드척! 지금 너에게 체포영장이 발부됐다. 이제 나에게는 너를 죽일 수 있는 권한이 주어졌으니 널 죽이고 말겠다!"

이지키엘이 말했다. 그러나 다니엘은 그 동물이 불쌍하다는 표정이었다.

"안 돼, 죽여서는 안 돼! 우리는 그냥 재를 언덕으로 보내자. 숲에서 풀어주면 더 이상 우리 집으로 오지 못할 거야."

이지키엘은 결코 다니엘의 말에 동조하지 않았다. 그는 유드척을 죽이기 위해 몸을 구부렸다가 그만 웃으며 내려놓았다.

"형, 우리 이 사건을 아빠에게 맡기기로 해."

다니엘이 말했다.

"좋아, 나도 판결을 기다릴 거야."

그들은 유드척이 갇힌 덫을 옮겼다. 어린 소년들은 아버지에게 가서 판결을 기다리기로 했다.

"잘했다, 얘들아. 우리, 한번 이 문제를 놓고 의견을 말해 보기로 하자. 우리는 지금 법정에 선 것이란다. 나는 판사가 되고 너희들은 변호사가 되려무나. 너희들은 각자의 주장을 가장 효과적으로 해야만 된단다. 어디 한번 해보아라. 너희들의 말을 듣고 나는 엄중한 심판을 내리게 될 것이란다."

이지키엘이 먼저 말을 했다. 그는 먼저 도둑을 맞았다는 말을 시작으로 그것은 유드척의 만행이며 그 동물은 믿을 수도 없고 무조건 나쁘다고 했다. 그는 계속해서 전력을 다해 동물들을 잡아야만 하고 그대로 방치하면 동물들의 극성이 더 심해질 것이라고 했다.

"우드척의 껍질을 벗겨 10센트에 팔 생각입니다. 금액은 좀 적겠지만 그것으로 놈이 양배추를 갉아먹은 것만큼의 보상은 되지 않겠습니까? 만약 놈을 그대로 살려둔다면 우리가 잃어버린 양배추는 억울해서 어떻게 살겠습니까? 이건 분명히 잘못된 겁니다. 그래서 놈을 살려두는 것보다는 확실히 죽이는 게 나을 겁니다. 만약 놈을 살려 둘 의양이면 지금 당장 갖다버리길 원합니다."

이지키엘은 아주 좋은 연설을 했다. 자신의 변호를 아주 잘한 것이다. 그가 말한 것은 진실이기에, 다니엘은 좀 망설이지 않을 수 없었다. 답변하기가 좀 어려운 듯싶었다. 드디어 다니엘이 가여운 생명체에 대한 변호를 하기 시작했다. 다니엘은 판사인 아버지의 얼굴을 잠시 바라보다가 입을 열었다.

"우드척은 바로 신의 작품입니다. 신의 의도는 하찮은 미물이라 하더라도 햇빛을 보며 무럭무럭 자라나기를 원하십니다. 맑은 공기를 마시면서 말이지요. 또한 하느님은 그가 자유로운 들판과 푸른 숲에서 맘껏 생을 즐기라고 명하셨습니다. 그러므로 우드척도 분명 자신의 삶을 즐길 수 있는 권리가 있습니다. 그것이 바로 하느님이 명하신 바입니다. 우드척은 늑대나 여우같이 사나운 동물이 아닙니다. 그는 조용하며 평화롭게 살아갑니다. 언덕의 한 귀퉁이에서 아주 적은 양의 음식을 먹는 것이 그가 원하는 다입니다. 그는 아주 적은 양의 식물에게만 조금의 피해를 끼치며 살아갑니다. 그는 자신이 살기 위해 필요한 만큼만 먹습니다. 그의 삶은 정당한 겁니다. 그 음식을 먹는 것도 정당한 것이며 그의 자유 역시 허락되어져야만 합니다. 우리는 그가 살아가는 방식에 대해 아무런 간섭도

할 자격이 없습니다. 고로 그는 영원히 행복해야만 합니다. 모든 행복한 인간들처럼 말이죠. 그가 애절하게 호소하는 눈망울을 봐주십시오. 그의 눈망울에는 이슬이 고여 있습니다. 그는 자신을 위한 말을 할 수가 없습니다. 반드시 변호인이 있어야만 합니다. 이런 사정을 안고 있는 우드척입니다. 그가 할 수 있는 유일한 변호방법이 바로 이런 겁니다. 우리는 그를 돌봐주어야 합니다. 있는 자들이 없는 자들을 감싸줘야 됩니다. 약자를 보호해줄 의무가 힘 있는 자들이 해야 할 의무입니다. 그것이 바로 정의를 실현할 수 있는 거지요. 신이 주신 생명을 유지시키기 위해 조금의 식물을 갉아먹은 존재를 우리 마음대로 처형한다면 하느님 역시 우리를 그런 식으로 바라보시게 될 겁니다. 우리는 너무 이기적입니다. 우리들이 바라는 것들을 우리들이 알지 못하는 미물에게도 허락할 권리가 분명 있다고 생각합니다. 그것이 아름다운 세상이라고 생각합니다."

이 말을 가만히 듣고 있던 판사인 아버지의 눈에 눈물이 그득 고이고 있었다. 그는 너무도 감명을 받아 다니엘을 꼬옥 안아주고 싶은 마음밖에 없었다.

분명 다니엘의 아버지는 하느님께서 세상에서 알아주는 장래의 명판사를 자신에게 아들로 주신 것이라고 생각했다. 그는 다니엘의 연설이 채 끝나기도 전에 아들에게 다가가 눈물을 흘리며 생각대로 꼬옥 안아주었다. 그의 눈에서는 계속해서 눈물이 흐르고 있었다.

"장하다, 내 아들아! 너는 이 세상에 꼭 필요한 판사가 될 것이다. 난 그걸 믿는단다."

판사인 아버지가 판결을 내렸다.

"이지키엘, 얼른 우드척을 놓아주어라! 네가 졌다!"

today's best word

변화시킬 수 있는 것, 그리고 변화시켜야만 하는 것은 곧 우리들 자신이다. 이는
우리의 성급함과 이기주의, 쉽게 등을 돌리거나 사랑과 관용의 결여 등이다.

— 헤세

서른한 번째의 시도

　타르타리에 태머레인이라는 꽤나 유명한 정치가가 살고 있었다. 그는 알렉산더와 같은 대제국을 갖는 게 소원이었다. 그리하여 그는 많은 군대를 양성해 다른 나라를 전쟁 속으로 끌어들였고 마침내 수많은 나라 왕들의 무릎을 꿇렸고, 많은 도시를 잿더미로 만들어갔다.

　그러나 알렉산더는 우연히 세계를 정복한 인물이 아니었다. 알렉산더에게는 신의 뜻이 있었지만 태머레인에게는 흔히 말하는 사람들의 불운밖에 없어 그만 멸망하고 말았다. 그의 군대는 분열되었고 많은 병사들은 뿔뿔이 흩어질 수밖에 없었다.

　태머레인 혼자만이 전장을 떠돌고 있을 뿐이었다.

　그의 적들은 그를 찾기 위해 혈안이 되어 있었고, 태머레인은 절망할 수밖에 없었다. 아무런 희망 없이 하루하루 살아가는 지옥의 나날이었다.

"하늘이 나를 버렸구나! 알렉산더에게는 신의 축복이 있었지만 내게는 그마저도 없구나. 내 인생은 이대로 끝장난 것이나 다름없다! 살아 있다는 것이 저주로구나!"

어느 날 그는 나무그늘 아래에 누워 죽음만을 생각했다. 이제 그가 할 일이라고는 아무것도 없어 보였다. 그때 태머레인은 우연히 아주 작은 물체가 나무줄기 아래로 기어가고 있는 모습을 보았다.

그는 그 물체를 확인하려는 듯 몸을 일으켜 자세히 들여다보았다. 그것은 한 마리의 작은 개미였다. 개미는 제 몸집보다 훨씬 더 큰 먹을거리를 나르고 있었다. 태머레인이 신기한 듯 바라보니 개미가 들어갈 입구는 오로지 큰 나무 아래의 작은 구멍밖에는 없을 것 같았다. 그 구멍이 바로 개미의 집으로 가는 유일한 통로였던 것이다. 그 모습을 보자 태머레인은 그만 개미의 건투를 빌 수밖에 없었다. 현재의 불우한 환경에 처한 자신이 열심히 노력하는 개미에게 진심으로 응원을 해줘야 될 것 같았다.

"어이, 작은 친구! 자넨 정말 대단해. 자네는 대체 어떻게 그런 큰 짐을 옮길 생각을 하는 거지?"

그러나 개미는 잠시 갈피를 잡지 못하고 있었다. 태머레인의 생각대로 개미의 짐은 너무 컸다. 그 짐을 드는 것이 문제가 아니라 그것을 들고 지나야 할 환경이 문제가 되었던 것이다.

개미는 그만 짐을 떨어뜨리고 말았다. 그러나 개미는 다시 그 무거운 먹이를 집어 들고 전진을 계속했다.

개미는 두 번째로 거친 나무줄기로 오르려 시도했다. 그러나 역시 실패였다. 흥미를 느낀 태머레인은 한낱 미물에 지나지 않는 개미로부터 눈을 뗄 수 없었다.

개미는 수없이 반복해서 시도했지만 번번이 실패했다. 그럼에도 개미에게 굴복이란 있을 수 없었다. 횟수는 문제가 되지 않았다. 세 번, 네 번…… 스무 번, 끈질긴 개미의 시도에도 불구하고 나아진 것은 없었다.

그러나 개미가 거의 서른 번 이상을 시도했을 때, 아니 정확히 서른한 번째 시도를 할 때였다.

개미의 걸음걸이가 달라졌다. 드디어 먹이를 놓치지 않고 한 발을 내딛고 만 것이다. 위태해 보였지만 그건 분명 성공으로 가는 첫 걸음이었다. 그 한 발을 딛기 위해 개미는 그렇게 노력을 했던 것이다. 그렇게 조금씩 앞으로 나아가던 개미는 결국 거친 길을 헤쳐내고 자신의 출입구로 다가설 수가 있었다. 그 소중한 먹을거리를 자신의 보금자리로 옮길 수 있었던 것이다.

그 모습을 끝까지 바라본 태머레인은 박수를 치지 않을 수 없었다.

"파이팅! 정말 잘했어, 친구야! 나는 너에게 한 수 배웠다. 나에게 정말 귀중한 걸 가르쳐주어 고맙다. 그래, 나는 해내고 말 것이다! 최소한 네가 실패했던 숫자만큼은 도전할 것이다. 하고 또 하고, 그렇게 너처럼 끝까지 해내고 말 것이다."

태머레인은 마침내 자신의 뜻대로 위대한 업적을 이루어냈다.

성공하는 사람들이란 자기가 바라는 환경을 찾아내는 사람들이다, 발견하
지 못하면 자기가 만들면 되는 것이다,

— 조지 버나드 쇼

반드시 멸망해야 한다

"카르타고는 분명 망하고 말리라!"

84세의 나이로 광장에서 연설을 하고 있는 사람이 있었다. 그는 이 말을 끝으로 연설을 마쳤다.

"카르타고는 반드시 멸망하고 말리라."

그 말은 청중들에 의해 다시 반복되어 급속히 로마 거리로 전파되었다. 로마 시의 지식인들은 모두가 모여 그 말뜻에 대해 토론을 했다.

"도대체 그 말을 한 사람이 누구야?"

그 말에 한 사람이 말을 받아주었다.

"그 말을 한 사람은 카토라는 검열관이오. 그가 말하기를, 같은 하늘 아래에 로마와 카르타고는 공존할 수 없다는 것이지요. 하나는 없어져야 한다는 겁니다. 만약 로마가 카르타고를 정복하지 못한다면 그들에 의해 로마가 멸망한다는 거지요. 그러므로 모든 로마인들은 그의 말에 동조하여 카르타고는 분명 망할 거란 말을 외치고 다녀야 합니다."

카토는 그 문제를 누구보다 심사숙고한 사람이었다.

로마는 길고 긴 도시 간의 전쟁을 두 번이나 했었다. 그 전쟁 초기에 카토는 18세의 나이로 병사가 되어 참전을 했다. 그러나 도시로 평화가 찾아온 것은 나이를 먹어서였다.

카토는 한때 대사가 되어 카르타고를 방문한 적이 있었다. 그곳을 방문한 그는 정말 놀라움을 금할 수가 없었다. 그때까지만 해도 카토는 세상에서 로마가 제일 잘사는 나라이고 또 제일로 강한 줄 알았다. 그러나 카르타고를 방문한 카토는 그런 생각이 얼마나 큰 실수였다는 것을 실감했다.

카토는 카르타고의 웅장한 항구를 보았다. 그곳에는 전 세계에서 몰려든 배들이 북적거리고 있었다. 선창가에는 세상 모든 부자들의 상선이 다 모여 있는 듯했다. 모든 배에는 부자들이 자신들의 부를 자랑이나 하듯 온갖 기괴하고 진귀한 보물들을 선보였다.

시장은 상인과 구매자들로 발 디딜 틈 없이 붐비고 있었다. 도시의 모든 건물들은 듣도 보도 못 한 새로운 건축물로 그림같이 견고하게 지어져 있었다. 성벽의 재질까지 로마와 다른 모양새로 잘 지어져 있었다.

카토는 그만 기가 질렸다. 모두가 하나같이 진귀하고 강성해 보였기 때문이었다.

로마로 돌아오자 카토는 단 한 가지 생각으로 굳어지고 있었다. 로마가 카르타고를 이길 수 있는 방법은 단 한 가지밖에 없었다. 그것은 국민들의 자각이었다.

아무리 생각해봐도 국민들이 하나가 되어 단결하는 방법밖에는 없을 것 같았다. 그것은 일종의 신념이며 자신감이었다.

"카르타고는 반드시 멸망해야 한다."

카토가 연설을 마쳤을 때, 그는 많은 사람들에게 둘러싸여 있었다.

사람들은 거리로 쏟아졌고 모든 사람들이 그를 알아보았다. 그는 저명한 로마 사람들 중 한 명이었기 때문이었다.

카토는 거리에서 많은 친구들을 만났다. 그 어떤 말들보다 기억에 남는 것은 자신이 그들과 헤어질 때 남긴 마지막 말이었다.

"카르타고는 반드시 멸망해야 한다."

카토는 로마의 검열관이었다. 당시만 해도 그 정도면 로마에서는 최고의 지위를 갖은 사람이었다. 그는 그 어떤 사람들보다도 도덕적으로 온전한 사람이었다.

카터는 단순한 것을 추구하는 사람이었지만 또한 진취적인 사람이었다. 그는 사치심을 조장하는 사람들과 이기적인 사람들을 증오했다.

언젠가 카토는 거리에서 게으르고 사치만을 누리는 젊은이들을 만났었다. 그는 분노하여 그들에게 말했다.

"우린 반드시 카르타고를 멸망시켜야 된다."

카토가 외쳤지만 젊은이들은 그를 비웃으며 거리에 침을 내뱉었다. 그들은 카토를 멍청한 인간으로 몰아붙인 것이다. 또 언젠가는 부와 권력을 자랑하며 큰 대궐 같은 집에서 살고 있는 관리들을 만났다. 카토는 그들을 비웃으며 똑같은 말을 했다.

"반드시 카르타고는 멸망해야 한다."

카토는 그런 도시에 오래 머물지 않았다. 그는 사비나에 있는 자신의 농장으로 돌아왔다. 그는 로마의 현직에 있을 때를 제외하고는 그곳에서 살았다. 그는 그곳에서 집안사람들을 만났을 때도 역시 똑같은 소리를 했다.

만약 여러분이 농장에 있는 카토의 모습을 보게 되면, 절대로 그를 막강한 로마의 위대한 인물이라고 생각할 수 없을 것이다. 그의 행색은 그야말로 거지 중에 상거지였다. 남루한 옷을 입고 있는 그는 그저 힘겨운 일을 하고 있는 농부에 불과해 보일 뿐이었다. 낡은 모자에, 닳고 닳은 양가죽 옷을 어깨에 걸친 모습은 정말 가난한 농부에 지나지 않았다.

카토는 천천히 농가와 곡식들을 바라다보았다. 그윽한 눈길은 무엇보다 땅을 사랑하는 농부였다. 포도와 올리브를 따고, 주위에 있는 농부들과 소탈하게 담소를 나누었다. 그냥 여느 농부들처럼 수확에 대한 기대 어린 말들이었다. 어떻게 술을 빚어야 한다는 둥 여느 농부와 조금도 다름없었다. 하지만 그의 끝말은 역시 한결같았다. 결국 그 누구를 만나든 헤어지면서 그에게 듣게 되는 말은 역시 똑같았다.

"카르타고는 반드시 멸망해야 한다."

카토의 태도는 여느 농가의 농부들과 같이 솔직 담백했다. 모두 조상들로부터 전수 된 것들이었다. 그의 아버지가 그랬고, 할아버지도 그랬었다.

카토는 마지막 날까지 열심히 농사를 지었다. 쟁기로 밭을 갈고 씨앗을 뿌렸다. 농부들의 지도자로서 새로 연구한 농법을 이웃 농부들에게 가르치기도 했다. 그가 또 하는 말이 있었다.

"우리에게 필요한 건 바로 예전의 로마로 돌아가는 것이다."

카토의 아내와 딸들 역시 오랜 전통을 지닌 로마인에 불과했다. 그들은 집안을 가꾸는 것으로 일과를 보냈다. 주부로서, 농가의 딸로서 맡은 바 소임을 다할 뿐이었다. 그들의 입에서는 불평이란 말이 없었다. 늘 감사하는 마음으로 살아가는 사람들이었다.

우유로 치즈를 만드는 일, 포도주 병에 자연발효의 좋은 포도주를 담그는 일 등…….

또한 모든 옷들을 손수 집에서 만들었다. 그들에게 사치란 있을 수 없는 일이었다. 생에 있어 사비나에서의 일과는 전혀 다른 열심히 농사를 짓는 것과 주어진 일에 최선을 다하는 것, 그리고 오로지 기쁨밖에는 없었다.

today's best word

행복해지려거든 두 갈래의 길이 있다. 욕망을 적게 하든지 재산을 많게 하면 된다.

— 프랭클린

크로서즈처럼만 부자여라

수천 년 전 아시아에 크로서즈라는 왕이 있었다. 그가 다스리고 있는 왕국은 그리 크지 않았지만 백성들은 자신들의 부귀에 대해 자부심이 대단했다. 크로서즈 역시 세상에서 제일로 부유한 사람이 본인이며 전 세계적으로 자신의 이름이 널리 알려져 있다고 생각했다. 그래서 요즘 사람들도 그를 빗대 잘사는 사람들을 보게 되면 '더도 말고 덜도 말고 크로서즈처럼만 부자가 되라.'는 말을 한다.

그렇게 부에 대해 단순하게 생각하는 왕인만큼 항시 즐거운 마음으로 주어진 일들을 하려 했다. 나라도, 집들도, 심지어 노예들까지 좋은 옷을 입혀 아름답게 보이도록 했다. 그는 안락함과 즐거움 외에는 아무것도 생각하지 않았다.

"난 세상에서 제일로 행복한 사람이야."

언제나 크로서즈가 하는 말이었다.

사건은 바다를 건너온 한 여행객으로부터 시작되었다. 솔론이라는 이름을 가진 그 는 아테네의 법률고문으로 그리스 사람이었다. 그는 자신의 지혜로움을 최대로 여기는 사람이었다. 그래서 언젠가 자신이 죽게 되면 지금의 사람들이 소크라테스를 논하듯 자신을 그렇게 대접해 주리라고 생각했다. 그것만이 그가 바라는 희망이었다.

솔론은 행동까지 걸맞게 하는 사람이었다. 그런 자부심을 가진 그는 확실히 지혜로움을 지닌 현자였다. 그렇기에 사람들이 말했다.

"더도 말고 덜도 말고 솔론 같은 지혜로운 사람이 되어라."

모든 사람들이 그런 말을 했고 솔론이 죽은 다음에도 그런 소리가 들렸다.

그런 솔론도 크로서즈 왕에 대해서는 익히 알고 있던 터여서 그의 아름다운 궁전을 방문해 보기로 했다. 크로서즈가 예전보다 더욱 자신의 행복에 대해 자부심을 지니고 있을 때였다. 그렇게 해서 세상 제일의 현명한 사람을 초청하게 된 것이다.

크로서즈는 솔론에게 자신의 전부를 보여주기 시작했다. 그는 아주 과시욕에 들떠 있어 솔론이 분명 자신을 부러워하고 있으리라 생각했다.

크로서즈 왕은 온갖 진귀한 것들로 치장된 거대한 궁전과 침실들을 구경시켰다. 한눈에 보아도 하늘의 날개깃을 단 것 같은 카펫, 의자들, 가구들, 그리고 그림들까지 자랑할 것이 너무 많았다. 또한 궁전 밖의 잘 가꾸어진 정원과 과수원, 그리고 온 세상에서 수집해온 수 천 가지의 보배들까지 구경을 시켜주었다.

솔론은 아무 말 없이 왕에게 이끌려 그것들을 구경했다.

얼마 후 구경을 시켜주는 왕도, 구경하는 손님도 지칠 대로 지쳐 저녁을 같이 먹게 되었다. 드디어 세상 제일의 현명한 사람과 가장 부자인 사람이 자리를 같이 하게 된 것이다.

크로서즈 왕이 솔론에게 말했다.

"오, 솔론! 당신이 알고 있는 세상 사람들 중 누가 제일로 행복한 사람인가를 말해 주지 않겠소?"

크로서즈 왕은 솔론이 '그 사람은 바로 왕이십니다.'라고 말해 주기를 기대했다. 분명 그는 그렇게 말해줄 것이라고 생각했다. 하지만 솔론은 왕의 기대를 깨고 엉뚱한 사람을 지칭했다. 잠시 침묵을 지키던 그가 입을 열었다.

"제게 떠오르는 사람은 아테네에 살고 있습니다. 그의 이름은 텔루스구요. 제가 확신하건데 분명 그가 세상에서 제일로 행복한 사람입니다."

솔론은 왕의 부푼 기대를 무너뜨렸다.

크로서즈 왕은 그 이유를 물었다.

"왜 그 사람을 지명했지요? 그 사람은 이 자리에 있지도 않은데?"

솔론은 이유를 설명했다.

"텔루스는 매우 정직한 사람이기 때문입니다. 그는 가난하지만 열심히 일해 아내와 자녀들을 위해 헌신합니다. 물론 철저한 교육을 시키지요. 자녀들을 잘 양육시키는 것도 부모의 도리입니다. 그는 또한 아테네 군인으로서 용감히 적들과 싸워 나라에 충성을 했지요. 왕께서는 그보다 더 충직하고 행복한 사람이 세상에 있을 거라 생각하십니까?"

왕은 못내 실망감을 지우며 세상에서 두 번째로 행복한 사람이 자신이라는 확신을 갖게 되었다.

크로서즈 왕은 다시 물었다.

"그럼 텔루스라는 사람 다음으로 행복한 사람은 누구지요?"

크로서즈 왕은 예의상 솔론이 자신의 이름을 불러줄 것이라 생각했다. 하지만 솔론은 다시 한 번 왕의 기대를 저버렸다.

"글쎄요, 떠오르는 사람이 있군요. 한 사람이 아니고 두 사람이군요."

"그중에는 내가 있겠지요?"

크로서즈 왕은 억지를 부렸다. 하지만 눈치 없이 바른말만 하는 솔론은 왕을 순위에 넣지 않았다.

"그 두 사람도 역시 그리스 사람입니다. 두 사람이 어린 소년이었을 때 그들의 아버지가 죽었지요. 그래서 그 가정은 가난할 수밖에 없었습니다. 그러나 그들은 열심히 일을 해서 병약해진 어머니를 부양했습니다. 다른 생각 없이 오로지 일밖에 몰랐습니다. 그것은 일종의 봉사지요. 자신을 희생하면서 남을 돌보는 거니까요. 그렇게 두 청년은 어머니가 죽을 때까지 힘써 봉양을 했습니다. 그리고 어머니가 죽은 후로는 아테네를 위해 헌신했습니다. 그들은 죽는 순간까지 아테네를 위해 헌신했습니다. 이들보다 행복한 사람은 세상에 텔루스밖에 없을 것입니다."

그 말을 들은 크로서즈 왕은 도저히 이해를 할 수 없다는 표정이었다.

'난 아무리 봐도 그들이 나보다 행복하지 않은 것 같은데? 일만 하다 죽은 그들이 뭐가 부러운 걸까?'

크로서즈 왕은 입 밖으로 소리 내어 말하지 않았다. 그러나 왜 자신의 행복에 대해서 인정해 주지 않는지를 물었다.

"당신은 참 보는 눈이 이상한 사람입니다. 취미가 특이해요. 그럼 나는 일벌레들보다 못한 불행한 사람이라는 건가요?"

그 점에 대해 솔론은 침착하게 말해 주었다.

"폐하, 물론 아무도 이렇게 말하는 사람은 없을 겁니다. 폐하께서 진정으로 행복한 분인지, 혹은 단지 죽지 않았다는 것이 다행일 뿐인지에 대해서 말입니다. 또한 그 누구도 알 수 없습니다. 폐하께서 언제 비극이 생길지 말입니다. 그런 불행은 한순간에 모든 것들을 앗아갑니다. 그럴 때 폐하께서는 너무도 많은 것들을 잃기에 누구보다 더욱더 슬픔의 주인공이 되는 것이겠지요. 많이 빼앗기면 빼앗길수록 속이 타는 법이니까요."

솔론의 말은 확실히 맞는 말이었지만 크로서즈 왕의 기분은 좋을 리 없었다. 그러나 낙천적인 성격을 지닌 왕은 솔론을 그냥 돌려보냈다.

크로서즈 왕은 다른 사람을 불러 기어코 자신이 세상에서 제일로 행복한 사람이라는 것을 귀로 확인했고 단순히 그것을 믿으려 했다. 자신같이 많은 것을 얻고서도 탐욕에 눈이 어두워 더욱더 욕심을 부리는 것보다는 현재에 만족하는 자신이 현명한 사람이라고 생각했다. 사실 그렇게 본다면 그 어떤 왕들보다 행복한 사람이었던 것이다. 그리고 그에게는 아직까지 비극은 일어나지 않았다.

하지만 곧 솔론이 경고했던 비극이 찾아들고 있었다. 평화롭던 크로서즈 왕국에 난리가 났던 것이다.

아시아의 한 지역에서 거대한 힘을 지닌 왕이 일어섰다. 그 왕은 전 세계를 헤집으며 정복에 혈안이 되어 있었다. 그 왕의 이름은 싸이러스였다. 거대한 군사를 이끌고 행군을 하는 곳곳마다 승승장구 승리의 깃발이 나부꼈다. 많은 나라들이 그의 발아래 무릎을 꿇었다.

싸이러스의 왕국인 바빌론은 더욱더 강해져 갔다.

크로서즈 왕도 예외는 아니었지만 완강히 저항했다. 자신의 행복을 빼앗기지 않기 위한 필사의 노력이었다. 그럼에도 적은 병사들로는 끝까지 버틸 수가 없었다.

결국 크로서즈 왕도 싸이러스의 발아래 고개를 조아리게 되었다.

싸이러스는 더 이상 크로서즈 왕이 저항할 힘이 없게 되자 그의 모든 것을 빼앗았다. 그가 수집해놓은 모든 것들은 한순간에 잿더미로 변했다. 그리고 크로서즈 왕은 죄인으로 전락되고 말았다.

크로서즈 왕이 싸이러스 앞에 무릎을 꿇는 순간, 싸이러스가 말했다.

"어리석은 크로서즈! 네 죄를 알렸다."

병사들이 크로서즈 왕을 끌고 시장바닥으로 나갔다. 그렇게 크로서즈를 죄인 다루듯 함부로 다루며 종일 끌고 다녔다. 시장 사람들은 크로서즈의 궁으로 침입해 폐허가 된 그곳에서 아름다웠던 침대의 받침대를 뽑아 땔감으로 쓰려고 했다. 사람들은 노략질이 끝나자 세상에서 가장 불행한 사람이 되어 묶여 있는 왕에게 횃불을 들이대며 말했다.

"지금 우린 네게 자비로운 불꽃을 선사하겠다."

가여운 크로서즈는 이리저리 얻어터져 온몸에 멍이 들었다. 그 누구 하나 그에게 자비를 베푸는 사람은 없었다.

그때 크로서즈는 예전에 솔론이 한 말이 떠올랐다.

"그 누가 지금의 폐하께서 영원토록 행복할 수 있다고 말을 할 겁니까? 단 한 번의 불행으로 모두를 잃을 수도 있는데……."

이 말을 되뇌며 크로서즈는 신음소리를 내고 있었다.

"아, 솔론이여! 진정 당신의 말이 옳았소이다!"

그때, 말을 타고 가던 싸이러스가 한탄 어린 크로서즈의 신음소리를 들었다.

"그가 무슨 말을 하더냐?"

싸이러스 왕이 병사들을 둘러보며 물었다.

"예, 크로서즈가 말한 주인공은 분명 솔론이라고 했습니다. 그 솔론이란 이름을 서너 번 반복해 불렀습니다."

싸이러스 왕은 그 말뜻에 대해 궁금했는지 말에서 내려 크로서즈에게 다가갔다.

"솔론이 누구인가?"

크로서즈는 침묵을 했다. 그러나 계속해서 싸이러스가 부드럽게 질문을 하자 조심스럽게 입을 열었다.

사연을 들은 싸이러스는 금세 표정이 굳어지며 뭔가를 골똘히 생각했다. 이윽고 싸이러스도 그 말을 되뇌었다.

"그 누가 지금의 당신이 영원히 행복할 수 있다고 장담할 수 있겠는가. 불행히 찾아들면 단 한 번에 날아갈 운명인 것을……."

놀랍게도 싸이러스 왕은 모든 힘을 잃고 있는 적의 손을 잡아 보이며 악수를 청했다.

"미안하오, 이런 당신의 불행 앞에 누가 자비와 친절을 베풀지 않을 수가 있겠소? 나는 당신에게 다른 사람들이 나에게 대해 주는 것처럼 대접을 해주겠소. 우린 같은 운명이 아니겠소?"

싸이러스 왕은 그 자리에서 크로서즈에게 자유를 허락했다. 그렇게 싸이러스 왕은 크로서즈를 세상에서 둘도 없는 친구로 여겼다. 두 사람은 너무도 좋은 친구로 뭉쳐진 것이었다.

동병상련이란 말대로 두 사람의 우정은 길이 남을 수밖에 없을 것이다. 어찌 보면 크로서즈 왕은 정말로 행복한 사람인지도 몰랐다. 최소한 다른 사람이 아닌 세상 왕들 중 그처럼 행복한 왕은 없었을 것이다.

today's best word

인간이란 미소와 눈물 사이를 왕래하는 시계추와 같은 것이다.

— 바이런

제임스 와트와 주전자

어린 스코틀랜드 소년이 할머니와 부엌에 앉아 있었다.

소년은 빨간 불꽃이 이는 것을 바라보며 놀라워했다. 소년은 항시 사물에 대한 궁금증에 몸이 달아 있었다. 그리고 소년의 많은 질문 속에는 스스로 해결하려는 것들도 상당히 있었다.

"할머니, 어떻게 불꽃이 일어나는 걸까요?"

어린 소년은 할머니에게 언제나 그랬던 것처럼 귀를 쫑긋 세우며 물었다. 이런 질문이 항상 바쁜 할머니에게 쏟아지자 할머니는 하던 일을 멈추지 않고 대답을 해주지 않는 경우가 많았다.

이번에도 저녁 준비에 바빴던 할머니는 더 이상 소년의 질문에 응답하지 않고 하던 일을 계속했다.

불꽃은 오래된 주전자를 들들 볶고 있었다. 그러자 안에 있던 물이 끓으면서 뚜껑이 들썩거리기 시작했다. 주전자 뚜껑 위로는 얇은 막의 수증기가 피어올랐다. 잠시 후에는 주전자마저 그렇게 꿈틀대기 시작했다. 더 열이 가해지자 뜨거운 증기는 사납게 뚜껑을 움직여댔다. 예전에는 단순히 바라보았기에 전혀 보지 못했던 광경이었다.

"할머니, 도대체 주전자가 어떻게 된 거예요?"

좀 한가해진 할머니는 손자에게 미안했던지 그 말에 응수를 해주었다.

"그건 물과 같은 거야, 물에 지나지 않아."

"그럼 그 물이 어떻게 된 건지 알고 싶어요, 할머니. 도대체 무엇이 숨어 있어서 주전자를 그렇게 움직이게 만들지요? 주전자는 뜨겁지 않나요? 나 같으면 뜨거워서 도망갈 텐데."

손자의 질문에 할머니는 그만 크게 웃고 말았다.

"역시 꼬마다운 질문이구나. 넌 참으로 귀여운 녀석이야."

"그럼 자세히 알려주세요."

"그래, 아가야. 저것은 물이기는 하지만 수증기라고 하는 거야. 너는 주전자 뚜껑으로 나오고 있는 흰 연기를 보았지? 바로 그거란다."

"할머니는 저 주전자에는 물밖에 없다고 했잖아요. 수증기는 왜 물과 같이 있는 거지요? 어떻게 물밖에 없는 그곳에서 요술을 부리고 있지요?"

"아가야, 그것은 뜨거운 물일 때에만 나오는 거란다. 뜨거워진 물이 그걸 만드는 거지."

할머니는 손자에게 점점 더 어려운 문제를 내고 있는 것 같았다.

손자는 더욱더 궁금해졌다.

소년은 주전자 뚜껑을 열고 그 속을 들여다보았으나 아무리 보아도 그곳에는 물 이상의 존재는 없었다. 단지 물이 좀 뜨거워져 있었을 뿐이었다. 물이 식어버리자 그 수증기는 전혀 주전자 밖으로 나오지 않았던 것이다.

"참 이상하네? 그러면 수증기는 분명 무거운 쇠도 들 수 있을 거야. 충분히 열만 받으면 말이야. 그럼 할머니, 물이 어느 정도 뜨거워져야 주전자를 들어 올릴 수 있나요?"

"적어도 반은 끓어야 움직이기 시작하겠지."

"그렇군요, 할머니. 이 조금밖에 안 되는 물이 그렇게 큰 힘을 내는데 만약 엄청나게 많은 물이 끓고 있다면 배도 들어 올릴 수 있지 않나요? 많은 물이 끓고 있다면 그만큼 힘이 생기는 거겠지요. 그런데 왜 그것으로 마차를 만들지 않지요?"

그 말에 할머니는 더 이상 대꾸하지 않았다. 할머니는 또 어린 손자가 쓸데없는 질문을 할 것이라는 것을 알고 있기 때문이었다. 또한 그 이유를 마땅히 설명해 줄 근거도 없었다. 어린 손자는 아주 곤란스런 질문도 많이 했기에 할머니는 때로는 정말 몰라서 대답을 해주지 못하는 경우도 있었다.

"휴, 아무리 내 손자지만 커서 뭐가 되려는지. 좀 합당한 질문을 해야지? 대답할 수 없는 곤란한 질문만 해대고 있으니 네 앞날도 훤하구나!"

할머니는 조용히 손자 곁을 떠나 또 다른 일을 찾고 있었다.

어린 소년은 그 자리에서 일어날 생각이 없는지 주전자에 대한 생각으로만 골똘해 있었다. 도대체 증기에 대해 어떻게 설명을 해야 되며, 그것이 어떻게 주전자를 움직일 수 있는지를 알아내는 것이 바로 제임스 와트의 문제였다. 그 점에 대해 한없이 의구심을 지니고 있던 와트는 스스로 그 문제를 풀 수밖에 없었다.

어린 소년이 하는 일이라고는 날마다 그 문제를 푸는 일밖에는 없었다.

와트는 항상 할머니 곁에 앉아서 불꽃에 의해 요술처럼 나타나는 엷은 수증기를 바라보았다. 흰 증기가 피어나게 되면, 주전자는 그 힘을 주체하지 못해 온몸을 증기에 맡기고 입을 크게 벌렸다. 그리고 증기는 좁은 주전자의 꼭지로 배출되었다.

와트가 어른이 되자 수증기에 관한 한 그를 따를 사람이 없었다. 증기에 대한 공부를 열심히 했던 와트는 목표한 바를 달성하기 위해 전력을 다했다.

"아무리 봐도 증기는 위대한 힘을 지닌 존재다. 세상에는 증기의 힘을 당해낼 그 무엇도 존재하지 않는다. 만약 저 막강한 힘을 마차에 이용한다면 엄청난 일이 벌어질 것이다. 그렇게 마차가 완성되면 역사상 가장 위대한 사건으로 기록될 것이다. 수증기는 단순히 마차만 끄는 게 아니라 모든 기계를 움직이게 될 것이다. 수증기를 활용해 마차를 만들고, 또 거대한 증기선을 만들고, 대량의 견직물도 짤 수

있을 것이다. 그렇게만 된다면 인류는 얼마나 편해질까? 이 힘을 잘 이용하게 된다면 인류는 앞으로 큰 혜택을 입게 될 것이다. 정말 꿈같이 인간의 모든 걸 시중들게 될 것이다. 그러나 문제는 어떻게 그걸 이용하느냐는 것이다. 바로 그것이 문제로다."

와트는 곧바로 실험에 들어갔다. 실패의 연속이었지만 얻는 것이 있었기에 실패의 연속은 아니었다. 왜냐하면 새로운 사실들이 많이 발견되었던 것이다. 사람들은 그런 그를 보면서 단순히 비웃기만 했다. 그들은 와트의 생각을 알 수 없었다. 수증기의 위대한 힘을 단지 뜨거운 물안개로만 생각하고 있었던 것이다. 그러나 와트는 절대로 포기하지 않았다. 노력만이 그의 일과였다.

드디어 와트는 그동안 노력한 결실을 얻었다. 세계 최초로 증기기관차를 만들어낸 것이다.

이제 사람들은 작은 주전자를 보고서 위대한 발명을 생각해낸 와트에게 거대한 수증기로 거대한 찐빵을 만들라는 말을 하지 못했다.

인간들의 훌륭한 발명품들은 원래부터 크게 주목을 받던 것들이 아니다. 가장 근본이 되는 것들은 언제나 사소한 사물들에 묻혀 가려져 있는 법이다. 그렇게 세상에서 가장 위대한 창작물들 중 하나가 최초로 탄생되었다.

today's best word

진정한 창조는 침묵 속에서 이루어진다.

— 힐티

시저

로마는 세상에서 제일로 강대한 나라였다. 로마인들은 메디테레이언 북쪽 모두를 정복한 후 서쪽까지 장악해 나갔다. 그렇게 전 세계를 통합하다시피 한 위대한 로마인들은 세계 정상에 서 있었다.

줄리어스 시저라는 로마 제일의 사내가 거대한 군대를 이끌고 가울이란 곳을 로마의 영토로 영입시키기 위해 진격을 시작했다. 가울은 현재의 프랑스에 의해 통치를 받고 있었다. 그곳은 전쟁을 좋아하는 수많은 부족들로 구성되어 있었다. 그들은 하나같이 시저에 저항하며 그를 힘겹게 했지만 결국에는 정복되고 말았다.

그 후 9년 동안 시저는 그의 군대와 함께 로마의 핵심세력으로 자리 잡게 되었다. 그들은 가울의 모든 것을 로마의 번영에 사용했다. 그들은 독일의 라인 강을 건너 그곳의 일부를 장악하기도 했다. 그들의 행군은 멈추지 않고 영국을 목표로 삼았다.

그러나 시저는 안팎으로 적이 많은 사람이었다. 적들은 그의 고국 내에서도 들끓고 있었다. 그와 같이 큰 업적을 남긴 인물이 로마에는 없었으므로 그를 질시하는 인물들이 많았다. 그럼에도 역시 영웅의 업적은 대단했다. 일반적인 로마인들은 물론이고 다른 나라 사람들까지 그를 진정한 영웅으로 대접을 해주었던 것이다.

폼페이라는 사람이 있었다. 그는 오랫동안 로마의 권력을 쥐고 있던 사람이었다. 그는 시저보다 막강한 로마 군대의 사령관이었다. 그러나 그는 시저처럼 전쟁에서 활약을 하지 못해 승리한 전투가 별로 없었다. 따라서 민중들로부터 환대를 받지 못했다. 그런 폼페이가 큰 환영을 받고 있는 시저를 곱게 볼 리 없었다. 또한 시저가 본의 아니게 자신의 상관이 되어버렸다.

폼페이는 결국 시저를 암살하려고 계획을 꾸몄다.

시저는 가울의 완전정복을 실현하게 되었다. 골치 아픈 가울과의 전쟁을 끝내게 된 시저의 인기는 대단하여 분명 로마의 최고 인물로 자리 잡게 될 것은 묻지 않아도 당연했다. 시저는 분명 세계 제일의 인물이 되었다.

폼페이와 다른 숙적들은 시저의 로마 입성을 막으려 했다. 그들은 로마 원로들을 시저에게 보내 그가 가울에서 바로 철수하라는 부탁을 했던 것이다. 그래야 그의 공을 막을 수 있었던 것이다.

원로들은 시저를 찾아가 말했다.

"만약 당신이 이 명령을 받아들이지 않는다면 결국 당신은 로마의 적이 되는 겁니다. 그 사실을 명심하십시오."

시저는 그 말을 음미했다. 만약 로마로 혼자 입성을 하게 되면 분명 그의 숙적들이 자신을 제거하려고 배반자로 몰아 바로 처형시킬 것이 분명했다.

시저는 믿음직한 부하들을 불러 로마에서 기다리고 있다는 그들의 음모를 말했다. 로마의 숙적들이 자신을 제거하기 위해 기다리고 있다는 말을 했던 것이다.

시저를 따르는 인물들 중에는 전쟁을 좋아하는 유능한 장수들이 많았다. 그들은 한결같이 시저에게 충성을 맹세하며 그를 도와 승리를 이끈 장본인들이었다. 그들은 끝까지 시저 곁에 남아 그를 돌보기로 맹세했다. 그들은 그렇게 시저를 호위하며 로마로 입성하기로 했다. 시저는 당연히 그런 대접을 받아야 될 인물이라고 생각했던 것이다.

그들은 사방으로 병력을 분산하여 로마로 행진을 했다. 물론 그 중심에는 그들의 우상인 시저가 있었다.

병사들은 일단 이탈리아로 진군했다. 모든 병사들은 시저의 그림자가 되어 산을 오르고, 강을 건너며 그 모진 고통을, 시저를 위해 감수했던 것이다.

마침내 그들은 작은 강인 루비콘이라 불리는 곳에 멈춰 섰다. 그곳은 이미 시저의 통치권에 들어 있는 가울과 경계를 이루고 있는 곳이었다.

시저는 강둑 위에서 그곳을 지켜보았다. 만약 그 강을 건너게 된다면 폼페이와 로마 원로들에게 전쟁을 선포하는 것과 마찬가지였다. 그것은 누구도 예견할 수 없는 도박이었다. 그러나 결단성이 있는 시저는 더 이상 망설이지 않았다. 그는 짧은 말을 남기고 말에 올라탔다.

"우리는 루비콘 강을 건넌다!"

이렇게 외치며 시저는 강가로 나아갔다.

"저 강을 건너면 다시는 돌아올 수 없다."

이 소식은 곧장 로마로 전달되었다.

"결국 시저가 루비콘 강을 건넜다. 정식으로 로마에 도전을 한 것이다."

폼페이는 자신의 군사령관들에게 당장 나가서 시저의 군대를 막으라고 명령했다.

"시저가 루비콘 강을 건너오고 있다!"

이런 소리가 거리로 퍼져 나오고 있었다. 폼페이와는 달리 로마 시민들은 거리를 뛰쳐나와 진정한 영웅인 시저를 환영했다. 삽시간에 온 도시로 소문이 돌아 그 사실을 모르는 사람들이 없었다.

결국 싸움은 시작되었다. 전쟁이 시작되자마자 로마의 원로들과 관리들은 짐을 꾸려 급히 로마를 빠져나갔다.

폼페이 역시 도저히 시저를 막을 수 없어 급히 해안으로 피신을 했다. 자신의 추종자들을 데리고 급하게 그리스로 도망을 쳤던 것이다.

그렇게 시저는 로마 최강의 지도자가 되었다.

today's best word

자신이 가지고 있는 것을 모르는 사람은 결코 높이 향상될 수 없다.

— 크롬웰

디시어스 무스

약 2,200~2,300년 전의 이야기이다.

이탈리아의 이른 아침, 언덕 위에서 아침이 될 때까지 대기하고 있던 로마 병사에게 희미한 한 줄기의 빛이 보였다. 그때까지 로마는 강성한 군대를 가진 나라가 아니었기에 막강한 병력이라 할 수 없는 작은 군대에 지나지 않았다. 그러나 그들은 어느 군대보다 강한 신념을 지니고 있었다. 그들은 조국을 위해 기꺼이 목숨을 바치겠다고 다짐했던 병사들이었고 사기 면에서는 그 어떤 군대보다 강했다.

그곳에서 그리 멀지 않은 곳인 베스비스 산의 완만한 언덕배기로 라틴 군대의 야영지가 보였다. 그들의 병력은 막강했고 전투력 또한 자부심을 가질 만했다.

그때 로마군의 야영지로 두 사람이, 새벽이 밝아올 때까지 조바심을 내며 걷고 있었다. 그들의 이름은 디시어스 무스와 맨리어스 토구아투스였다. 한 사람은 로마 집정관이었고 다른 한 사람은 유명한 장군이었다.

먼저 디시어스 무스가 말했다.

"간밤에 이상한 꿈을 꿨네."

"그래? 나도 그런데. 나는 곧 벌어질 전쟁에 관한 꿈을 꿨어."

토구아투스가 무스에게 말했다.

"토구아투스, 나는 이 전쟁을 끝내는 방법의 꿈을 꾼 것 같네. 그러나 그곳에는 큰 슬픔이 있었지. 그 슬픔은 양쪽으로 나뉘고 있었어. 자네 꿈도 한번 말해 보지 않겠나?"

"무스, 사실 꿈보다는 현실이 나은 것 같아. 내가 땅바닥에 누워 있는데 내 충직한 부하들이 나를 둘러싸고 있지 뭐야. 그때 회색 눈을 가진 여자가 나타났는데 그녀는 빛나는 갑옷에다 창과 방패를 들고 나에게로 오더군. 그리고는 내 이름을 부르는 거야. 토구아투스라고 말이야. 그녀는 내일의 전쟁이 바로 로마의 운명을 결정짓게 될 거라고 했어. 그 어떤 일이 있어도 내가 로마를 구해야 된다는 거였지. 자기의 말을 명심하라고 강조하더군. 이 전쟁에서 승리를 얻기 위해서는 장군이 죽어야 할 운명이라고 했어. 승리하든 슬퍼하든 그건 역시 극복될 수 있는 단순한 일이라는 거야. 이런 계시를 받은 후 나는 잠에서 깨어났네."

"토구아투스, 나 역시 같은 내용의 꿈을 꾸었네. 자네 꿈속과 똑같은 여전사가 나타났지. 회색 눈과 빛나는 갑옷, 그리고 창과 방패로 무장한 대단한 모습이었지. 나에게 내일의 전투가 어떻게 끝나는지 궁금하지 않느냐고 했어. 내일 우리의 군대는 대장을 잃게 된다는 거였지. 그래야만 전쟁이 끝나게 되고 승리를 한다는 거야. 그런 말을 남긴 그녀는 곧바로 사라져버렸네."

"무스, 우린 신으로부터 같은 계시를 받은 거네. 우린 계시에 따를 수밖에. 물론 우린 그 결과가 어떻다는 걸 알 수가 있지. 신은 우리의 희생을 바라고 있는 거야. 우리에게 사명감이 주어진 거야. 위대한 희생을 말이야. 로마를 위하는 길이라면 기꺼이……."

"맞아 토구아투스, 난 내 길을 가야겠어. 나는 기꺼이 로마를 위해 죽을 걸세!"

"로마 제국 만세!"

두 사람은 군은 맹세를 하고 전사들과 함께 전장으로 향했다. 그때 로마의 전술은 양 날개 작전이었다. 먼저 전진하는 한 쪽의 장군이 먼저 죽게 되는 것이다.

전투가 가까워지자 양군의 병사들은 함성을 지르며 전열을 가다듬었다. 먼저 용감한 로마 병사들이 더 이상 참지 못하고 적들을 향해 돌진했다. 태양은 가까스로 눈을 들어 전장을 조금씩 비춰주고 있었다. 로마 병사들은 재빠르게 움직여나가며 적들의 목을 노렸다. 왼쪽 날개로 섰던 무스가 먼저 날개전법으로 전환해 단신으로 적진에 뛰어들자, 양쪽 병사들이 그의 모습을 볼 수 있었다. 그의 발걸음은 적진을 향하고 있었지만 마음만은 분명 천국을 향하고 있었을 것이다. 무스는 적들의 수많은 칼날을 의식하며 크게 소리쳤다.

"위대한 로마여! 나는 그대에게 승리를 전해줄 것이다!"

그 말이 끝나자마자 무스는 이미 적군의 중앙으로 들어가 있었다. 수많은 창날과 칼날들이 그의 몸을 토막 냈다. 그는 그렇게 자신의 모국을 위해 죽어갔던 것이다.

이제 로마 진영은 자신들의 대장에 대한 처절한 복수를 자아내는 함성으로 가득 찼다. 모든 병사들이 순식간에 적의 진영 중앙으로 밀려들어 닥치는 대로 칼과 창을 휘둘러댔다. 적들은 단숨에 제압되고 말았다. 아무리 많은 병사들이라 해도 죽기를 각오하고 덤비는 상대들에게는 당할 자가 없는 법이다. 그렇게 라틴 병사들은 꼬리를 내리고 자신들을 향해 돌진했던 로마 병사들보다 더 빠르게 후퇴를 했다.

무스는 그렇게 로마를 구했다.

today's best word

영웅적 죽음으로 최후를 장식한 고귀한 삶은, 이 세상에서 가장 강력한 제국의 자존심과 허세와 영광보다도 더 높고 더 오래간다.

— 에이브러햄 가필드

최후의 날이 오더라도

코네티컷에서 벌어진 어둠에 관한 이야기이다.

그날은 5월 어느 날이었다. 물론 수백 년 전의 일이지만, 그날도 어김없이 태양은 힘차게 솟아올라 세상을 밝혔다. 아침에는 구름 한 점 없이 쾌청했다. 나무 잎사귀 하나 흔들리지 않았으니 정말 한 줄기 미풍조차 없었다.

그런데 점심때가 되자 하늘이 어두워지기 시작했다. 그만 태양이 갑자기 숨어버리고 만 것이다. 새까만 구름떼가 온 세상을 덮고 있는 듯했다. 새들은 부리나케 둥지 속으로 날아들었고 닭들도 날갯짓을 하며 퍼덕거렸다.

소들은 방목장 앞에서 음매 소리를 내며 얼른 축사로 들어가려 몸부림을 쳤다.

하늘이 더욱더 어두워지자 거리에 있던 사람들은 바로 앞도 구별할 수 없게 되었고, 모든 사람들은 공포에 질려 하늘을 올려다보았다.

"무슨 일일까? 도대체 무슨 일이 일어난 걸까?"

사람들은 서로를 둘러보며 어깨를 움츠렸다. 어린아이들은 겁에 질려 울기 시작했고 부모들을 찾았다. 아이들뿐만이 아니라 개들도 사납게 짖어댔고, 여인들은 세상 종말이 온 듯 공포에 질려 있었다. 담담한 남자들도 그만 무릎 꿇고 기도를 올리고 있었다.

"정녕 세상의 종말이 왔단 말인가?"

몇몇 사람은 소리를 치며 어둠 속으로 달려 나갔다.

"오늘이 바로 세상 종말의 날이다. 모두들 나와 회개하라!"

몇몇 사람은 침착하게 마지막 날을 맞이했고 코네티컷의 법정에서는 지혜로운 사람들이 사태를 관망하고 있었다. 그 사람들은 법률가이자 이 나라의 지도자들이었다.

그들도 적잖은 공포에 몸을 떨었지만 이윽고 한 사람이 말했다.

"오늘이 바로 신의 날입니다. 바로 심판의 날이지요 ."

사람들은 한숨을 쉬면서 체념했다.

"그럼 이제는 법률이 필요 없게 되었군요."

"이제 우리도 더 이상 이 자리에 머물 이유가 없군요."

그때 아브라함 대빈포트가 자리에서 일어나 한마디 했다. 그의 목소리는 한없이 침착했다.

"나는 세상 종말이 언제 올지 알 수 없습니다. 그러나 나는 우리가 살

아 있는 이상 최선을 다해야 함을 믿고 있습니다. 자, 어서 각자의 자리에
서 최선을 다합시다. 어서 촛불을 켜고 실내를 밝힙시다. 그것만이 최선
을 다하는 길이지요."

그의 말에 많은 사람들이 용기를 얻어 심한 공포에서 벗어날 수가 있
었다.

곧 실내가 밝아졌다. 불빛에 의해 희미하게나마 아브라함 대빈포트의
강인한 얼굴이 드러났다.

그는 감동적인 연설로 아직도 두려움을 떨치지 못하는 사람들에게 희
망을 안겨주고 있었다. 설사 그날이 최후의 날이라 해도 그로 인해 사람
들은 그 시간을 평화롭게 맞이할 수 있었던 것이다.

그의 연설은 어둠이 걷힐 때까지 계속되었다. 다른 법률가들은 조용히
앉아 그때까지 그의 연설을 듣고 있었다.

코네티컷 사람들은 지금까지도 아브라함 대빈포트를 기억하고 있다.
그는 용감한 판사였으며 현명한 법률가였기 때문이다.

시인인 휘티어는 그에 관한 시를 썼다.

지금까지의 그 내용을 말한 것이다.

타인을 아는 사람은 현명한 사람이고 자기 자신을 아는 사람은 덕이 있는 사람이다. 타인을 이기는 사람은 힘이 강한 사람이며 자기 자신을 이기는 사람은 굳센 사람이다. 죽음에 이르러서도 '나는 이제 영원히 없어지는 것은 아니다.'라는 깨달음을 얻는 사람은 영원한 생명을 얻는다.

— 노자

세상을 빛낸
가장 유명한 이야기

1판 1쇄 발행 ‖ 2016년 3월 20일

엮은이 ‖ 제임스 M. 볼드윈
편역자 ‖ 장운갑
그 림 ‖ 이남우, 조정래
펴낸이 ‖ 김종호
펴낸곳 ‖ 밀라그로
주 소 ‖ 경기도 고양시 일산서구 현중로 5, 1501동 1006호
전 화 ‖ 031) 907-9702   FAX ‖ 031) 907-9703
E-mail ‖ milagrobook@naver.com
등 록 ‖ 2016년 1월 20일(제410-2016-000019호)

ISBN ‖ 979-11-957488-0-8 (03840)